思わず竦んでしまった体を宥めるように乳首に吸いつかれ、濡れた蕾をやわやわと揉み込んでくる。(本文より抜粋)

DARIA BUNKO

お隣さんは溺愛王子様《プリンス》

若月京子

ILLUSTRATION 明神 翼

ILLUSTRATION
明神 翼

CONTENTS

この作品はフィクションです。

実在の人物・団体・事件などに一切関係ありません。

お隣さんは溺愛王子様《プリンス》

★★★

野間《のま》玲史《れいじ》と、佐木《さき》・ラルフ・龍一《りゅういち》が恋人になったのは、夏休みも終わりかけの頃。

三年前…高一のときの玲史の因縁の相手、尾形《おがた》に攫《さら》われたのがきっかけだった。

そもそもは高校入学前に交通事故に遭い、クラスの輪に入るのに躓《つまず》いたところから始まる。

みんなから遅れた時期に通い始めた玲史に気さくに声をかけてくれた尾形は、途中から苛めと嫌がらせとしか思えない態度になったのだ。

それがエスカレートして襲われ、なんとか逃げ出したものの、怖くて結局退学することになってしまった。

それが三年も経って新たな気持ちで入学した大学で、再会した尾形から嫌がらせをされ、車で攫われたのである。

龍一が助けてくれて、それがきっかけで恋人同士になれたものの、尾形の存在は玲史にとってトラウマそのものだった。

龍一は尾形が玲史のことを好きだからだと言ったが、今も玲史は納得できていない。もしそれが本当なら、尾形の好きと自分の好きは違うし、相容れないものだとしか思えなかった。

玲史にとって恋は楽しいものであってほしいし、愛は穏やかなほうがいい。もちろん切なかったり苦しかったりすることもあるのだろうが、なるべくなら避けたいところである。

恋愛初心者な玲史にとって龍一との毎日は、何もかもが初めてのことだった。

幸い龍一は分かりやすく玲史を大切にしてくれるから、玲史は恋が実った幸福感に浸ったまま、フワフワとした気持ちでいる。

セキュリティーの厳しいマンションでお隣同士でもあるため、日中は龍一の部屋に入り浸りだし、夜も両親が夜勤などでいない日は龍一と一緒に過ごしていた。

日が高いうちは暑くて仕方ないから、涼しい部屋でおとなしくしている。

リビングで龍一は司法試験のための勉強をし、玲史はそれに付き合ったり、読書をしながら側にいた。

沈黙も、それぞれが別のことをしているのも気にならない。こうして二人でまったりとした時間を過ごせるのが嬉しかった。

今の玲史はといえば龍一の本棚にはミステリーの類《たぐい》がたくさんあるので、それを借りて読んでいる状態である。

二人で静かな時間を過ごしていると、ふと龍一が顔を上げて言う。

「そういや、そろそろコーヒーがなくなるんだった……」

「そろそろ日も陰るし、買いに行きましょうか。他にも買いたいものがあるので」

「そうだなー」

玲史はともに医師をしている忙しい両親に代わって家事を一手に引き受け、龍一はマンションの隣の部屋で姉夫婦の海外赴任による留守を預かって一人暮らしをしている。

今はまだ龍一が玲史に家事や料理を教わっている段階だが、もともと凝り性らしい彼は料理を趣味としつつあった。

「まずはコーヒーだな。席が空いていたら、ケーキセットを頼もう」

「今日のケーキはなんですかね～？」

龍一のお気に入りとなっている小さなコーヒー専門店は、夫婦二人で経営している。夫はこだわりのコーヒーを淹《い》れ、妻はケーキやサンドイッチを作って給仕する。手作りケーキは日替わりで、一種類しかないがとても美味しいのだ。

作れる数が少ないからテイクアウトはできないし、ケーキにピッタリ合うコーヒーがついてくるから二人はよく来ていた。

「こんにちは～」

店に入ってショーケースの中を覗き込み、玲史は思わず声を上げる。

「今日のケーキはパイナップルタルト？　わぁ、初めてだ」

「旨そうだなー。すみません、ケーキセット二つ」

そう注文して、二人は空いている奥の四人がけの席に座る。

ほどなくしてコーヒーとケーキが運ばれてきて、さっそくフォークを手にタルトを食べてみる。

「んー…美味しい。この甘酸っぱさがなんとも」

「上に載っているパイナップルにも、少し火が入ってるのか？　でも、フレッシュさが残ってるな。旨い」

美味しい美味しいとタルトを食べ終わって、コーヒーのお代わりを頼む。すると、一杯目とは違うものが出てくるのだ。

一杯目は甘いタルトを受け止められるようにどっしりとした濃さだったが、二杯目は少しあっさりめだった。

「はー…旨い」

コーヒーにこだわる龍一が、実に満足そうな溜め息を漏らす。

カランカランと優しいベルの音ともに聞き覚えのある声がした。

「いらっしゃいませ。ごめんなさい、今はちょっとお席が……」

店主の妻がそう断りを入れるのが聞こえ、玲史はそちらに視線をやる。そこにいたのはこの店でたまに会い、何度か喋ったことのある七生《なな　お》である。玲史はアピールするように入り口に向かって手を振った。

「あー…残念……あれ、玲史くんだ。玲史くん、久しぶり。相席いい？」

同じ年だから話がしやすく、互いに家事が得意ということで意気投合した。今では主夫仲間として、スーパーやドラッグストアのお得情報を交換するメル友でもある。

七生とたまに一緒に来る宗弘《むねひろ》とも、玲史は顔見知りだった。

「七生くん、久しぶり。ええっと…連れがいるけど、どうぞ」

「ありがとう。――あ、すみません。ケーキセット二つ、お願いします」

「はい」

玲史は場所を龍一の隣に移動して、七生たちに席を譲る。

「――」

七生と宗弘が、龍一の容姿に目を瞠《みは》っていた。

何しろ龍一の髪は染めているようにはとても見えない明るい茶色で、綺麗なブルーグレイの瞳を持っている。

一目で日本人ではないと感じさせる、華やかな目鼻立ちだった。

「この人はボクのお隣さんで、大学の先輩。佐木龍一さんです」

「え？　日本人？」

七生の素朴な疑問に、龍一は笑って答える。

「ああ、ハーフなんですよ。父がアメリカ人で、母が日本人。俺自身は日本生まれの日本育ちだから、こんな見た目でも中身は普通の日本人です」

「あ、そうなんですか。初めまして。玲史くんとはたまにこの店で会って、話をしてます。三《み》咲《さき》七生です」

「七生くんの従兄弟《いとこ》で、高幡《たかはた》宗弘です」

よろしく、よろしくと頭を下げあってから、七生はマジマジと龍一の顔を見つめて言った。

「しかし佐木さん、すごいハンサムですねー。ハーフの人って美形率が高いって聞いた覚えがあるけど、見事な成功例」

「ああ、本当に。左右が完璧に対称だから、まさしく絵に描いたような美形だ。バランスも素晴らしい」

その言葉で、玲史は宗弘の仕事を思い出す。職業柄なのか、どうしても絵描きとしての視点で見てしまうらしい。

「そういえば高幡さんは漫画家でしたっけ」

「そのせいで、普段は引きこもりです。なかなか外に出られなくて」

「大変なんですね。俺は、家にこもりっきりはつらいな。それだけでストレスが溜まる」

「ボクはわりと平気かも……」

「オレは無理～。食事とトイレ以外、ずっと机に向かうなんて拷問だよ。受験のときだって、あんまり根を詰めなかったし」

「へー、そんなに……」

「マンガ描きってすごいって、感心しちゃうよー」

そんなことを話していると、ケーキセットが運ばれてくる。

「パイナップルのタルトだ。美味しそう」

「コーヒーがいい香りだなぁ」

「んー…タルト、美味しい」

大きな買い物袋を持った七生に、玲史は質問する。

「七生くん、チラシ、チェックした？　今日、何がお買い得？」

「今日はケチャップとツナ缶が特売。あと、挽き肉が安かったよ」

「挽き肉かー…龍一さん、今日の夕食、ハンバーグにしようか？　煮込みハンバーグが食べたい気分」

「それ、作ったことないよな？　チャレンジしてみたい」

玲史と龍一の会話に、七生はあれ？　とばかりに首を傾げる。

「二人はお隣さんなんだよね？　なのに、一緒に料理するの？」

「ああ、それは、俺が玲史の隣に越してきたとき、初めての一人暮らしで。料理なんてしたことがなかったから、いろいろ教えてもらったんだよ。料理どころか掃除も洗濯も何もできなくて、家事の先生になってもらった」

「へぇ～」

七生の目が玲史と龍一を交互に見つめ、それからニヤリと笑う。

「玲史くん……」

七生にちょいちょいと指で手招きされて顔を近づけられ、小さな声で言われる。

「玲史くん、好きな人いるって言ってたよね？」

「う、うん……」

「もしかしてその好きな人って、この人？　うまくいったように見えるんだけど。雰囲気が甘いよ」

「えっ⁉　うっ、あ……」

突然の指摘に玲史は驚愕したあと、見る見るうちに真っ赤になった。唐突すぎて、うまくごまかすことができない。

「あー…返事を聞かなくても、答えは分かった。可愛いなぁ、もう」

「うう……」

「大丈夫、大丈夫。別になんとも思わないよ。だってオレの恋人、宗弘さんだもん。仲間だねー」

「ええっ⁉」

大きな声が出そうになって慌てて自分の口を塞ぐ玲史を、龍一と宗弘がキョトンとして見ている。

七生がクスクスと笑って、二人に小さな声で言った。

「玲史くんと佐木さんって、恋人同士でしょう？　オレたちもそうなんですよ～って言ったら、驚いたみたい」

「ああ、なるほど」

「玲史は、その手のことに鈍いから」

いかにも可愛いといった目で見つめる龍一は、華やかな容姿と相まってまるで王子様だ。素のときは眼光が鋭いからそうでもないが、優しく微笑むと王子様にしか見えない。

七生はそんな龍一に、感心したように言った。

「すごい王子様っぷりだねー、佐木さん。めちゃくちゃモテそう」

「あまり嬉しいことじゃないけどね。面倒が増えるだけだから。好きな人にだけモテればいいと思わないか？」

「うん、確かに。なんとも思ってない相手にモテても、気を遣って大変か。オレなんか男のほうが圧倒的に多いし、ホント、好きな人にだけモテたほうがいいなぁ」

「男相手か…力づくで迫られないよう、気をつけないと。玲史もなぁ…男にモテて困る」

「オレは言葉で撃退できるけど、玲史くんは性格的に難しそうだよね。しっかり守ってあげてください」

「それは任せてくれ。俺がついてるし、剣道部の後輩は玲史の友達だしな」

「剣道部？　そのキラキラさで、剣道部？　あの、くっさい防具を被って、エイ、ヤアッってやってるんだー」

「……個人用のは、それほど臭くない。……たぶん」

「自分の匂いだから、分からないだけだと思うな〜。高校のとき、友達のを被らせてもらったことあるけど、すごい汗臭かった。本人、ちゃんと手入れしてもどうしようもないんだって泣きそうだったけど」

「それは…どうしようもないんだ。だが今は消臭スプレーや防菌コートがあるから、昔に比べたらまだマシらしい」

「あれでマシなのかー。それは大変。そういえば玲史くん、剣道部のマネージャーをやってるって言ってたよね。防具の手入れとか、してるの？」

「あ…うん。時間があるときに、少しずつ。部所有のやつは、個人のよりずっとくさいから。消臭スプレーをかけて何度もゴシゴシすると、ずいぶんマシになるんだよ」

「うわー…やりたくない」

七生が思いっきり顔をしかめると、宗弘が笑いながら言う。

「七生くんは、匂い関係に厳しいから。俺の仕事が終わったあと、猛烈な勢いで掃除をして回ってるみたいだし」

「あれ？　知ってるんだ」

「そりゃあ、一眠りして起きるとアシスタントたちのシーツや布団カバーが洗濯されているし、
次の日に仕事部屋に行ってみると、綺麗に片付けられているだけじゃなく、いい匂いがするか

らね。仕事中とは全然匂いが違う」

「大の男が四人も五人もこもりきりでいると、男くさくて。壁にまで浸みてる気がするから、あちこちスプレーして回ってるんだ。もちろん、拭き掃除もするしねー。住んでる家が男くさいのって、つらいもん」

「漫画って、そんなに人を雇っているんですか？　泊まり込みでしょう？　大変そう……」

「宗弘さんは優等生だから、そんなに大変じゃないよー。週刊連載だけど修羅場は二週間に一度だし。編集さんに言わせれば、そこの漫画家の中でもっとも人間的な生活をしてるってさ」

「に、人間的……？」

恐ろしげな表現に玲史が眉を寄せると、七生はうんと頷《うなず》く。

「週刊連載って、すごく大変みたい。宗弘さんもひどいときは一ヵ月、一度もベッドで眠れなかったんだって」

「え？　どうして？　ベッドで寝ないなら、どこで寝るの？」

「んー…そういえば、どこ？」

隣の当事者に話を振り、宗弘が答える。

「仕事部屋の床で、毛布に包《くる》まって寝てた。ベッドは快適すぎて、アラームを鳴らしても起きられなくなるんだよ。床なら目を覚ましたらすぐ仕事に戻れるしね」

「ゆ、床で……」

「ちなみに、フローリングだったな。極限の睡魔に襲われると、床が固いくらいなんでもなくなる。食事もテイクアウトと宅配しかなかったし、あの頃には絶対に戻りたくない」

「大変……」

インドア派で一週間一歩も外に出なくても平気な玲史だが、その生活はつらすぎる。体力にも自信がないので、自分には無理そうだと思った。

「それにしても、玲史くんも恋人が男の人か…同じ立場の者同士、喋れるのは嬉しいけど。おおっぴらにはできないだけに、話せる相手が限られちゃうんだよね」

「あ…うん。そうだね」

「これからは、お互い相手に言えない愚痴や惚気《のろけ》を話そうねー」

「うん」

龍一は初めての恋人なので、悩んだりすることがあるかもしれない。それだけでなく、龍一について惚気られる相手がいるのは嬉しかった。

玲史がコクコクと頷くと、宗弘が動揺した様子で七生に聞く。

「な、七生くん、何か俺に不満があるのか？　愚痴なら俺に言ってくれれば、がんばって直すから」

「嫌だなー。ただの、言葉の綾だよ。宗弘さんに不満なんてないって」

「しかし…家の中のことは何もできないし、仕事に追われてろくに外に出られないし……。おまけに、アシスタントたちの面倒まで見させている。……もしかして、不満のほうが多いくらいじゃないのか？」

「いやいや、全然。家事は得意だし、世話焼き体質だから、むしろやりがいがあるかも。隙を見て、デートもしてるしね。一緒に住んで毎日顔を合わせてるんだから、不満なんてないよ」

「本当に？」

「不満があったら言ってるって。オレが遠慮すると思う？」

「思わない」

「そういうこと。せっかく恋人がいるんだから、誰かと話したいんだよ。コイバナって楽しそうだもんね」

「そうか……」

ホッと安心する宗弘はどう見ても七生よりずいぶんと年上なのに、完全に尻に敷かれている。七生はしっかりしているから…と玲史は納得し、そんな七生と龍一の話ができるのは玲史としても嬉しい。

相談相手ができたとニコニコしながらコーヒーを飲み干した。

★
★
★

昼食後のまったりとした時間。

二人でニュースを見ていると、龍一のスマホがメールの着信を知らせる。

顔を上げた龍一がスマホを取って内容を確認し、眉間に皺《しわ》を寄せた。

玲史は珍しいな…と思いながら、龍一に聞く。

「何か、問題発生ですか？」

「いや、そういうわけじゃない。高岡《たかおか》さんが――高岡さん、覚えてるか？」

「ええっと…もしかして、前回の大会で優勝した、高岡さん？」

「そうだ。その高岡さんが、今、東京に来ていて、会って話がしたいと言ってる。小学生の頃から何度も顔を合わせてきているし、アドレスも交換したが…滅多にメールのやり取りはなかったんだが……」

当然、個人的に会ったこともないと困惑する龍一だが、会いたくないというわけではない。

東京と大阪という距離があるし、顔を合わせるのは大会くらいだから、ちゃんと話をする機会がなかっただけである。

龍一はすぐに了承の返事をし、それから待ち合わせの場所を決めるためにメールのやり取りをした。

「わりと近くの街にいて、こっちまで来てくれるとのことだから、玲史も一緒に行こう」

「ボクもですか？」

「ああ。玲史を高岡さんに紹介したい。それにそろそろ買い出しもしなきゃいけないんじゃないか？」

「はい」

龍一にとって高岡は、特別な相手だ。小学生の頃から全国大会で対戦し、何度となく優勝を争ってきたらしい。

前回の全国大会でも準決勝で当たり、わずかな差で敗れた龍一は三位となった。

互いにライバルと思っているのは明白で、そんな相手に紹介したいと言ってもらえて嬉しかった。

「ええっと…それじゃボクは、買い物リストをチェックします。何か足すものがあったら、言ってください」

「そうだなー…キッチンペーパーの予備と、湿布、シャンプー…俺の買い物は主にドラッグストアだな」

玲史はスマホの中の買い物リストにそれらを加えていった。

「あと、オリーブオイルと胡麻《ごま》……」

夏休み中で外は猛暑とあって、どうしても出不精になる。ここぞとばかり買い溜めをするつもりだった。

冷蔵庫や冷凍庫もチェックして、足りないものを書き込んでいく。

それが終わるとちょうどいい頃合いだったらしく、龍一が言う。

「――さて、それじゃ準備をして出かけるか。外は暑いだろうなぁ」

時計を見れば、午後二時になるところで、一日のうちでもっとも暑い時間帯だ。なるべく午前中か夕方以降に動くようにしている二人には、なんとも気の進まない時間だった。

洗面所で手を洗い、髪を梳《と》かし、財布とスマホがあるのを確認する。

龍一によって頭に帽子が被せられ、出かける準備は完了である。

「ゆっくり歩けば、ちょうどいいくらいだろう」

二人は部屋を出てエレベーターに乗り、マンションを出た。

「あ、暑い……」

「強烈な日差しだな～。この湿度、なんとかならないもんか。アフリカからの観光客が、日本は暑いと言うのが分かる気がする……」

「不快指数、高いですよね。空気がじっとりしてて。……つらい」

「ああ、でも、姉貴が肌的には悪くないとか言ってたな。今、アメリカにいるだろう？　空気が乾燥してて、大変なんだと。そのうち俺は、大量の化粧水やら保湿クリームを買いに行かされるらしい」

「な、なるほどー…お肌に乾燥は大敵って母も言っていました。女の人って、すごいたくさん顔に塗りたくりますよね。確かに夏より冬のほうが塗る回数が増えてるかも。パックもまめにしてるし」

「見てるだけで、面倒くさいよな。女は大変だ。……それにしても、本当に暑いな」

二人は暑い暑いと言いながら日陰を選んで歩き、駅に向かう。

待ち合わせた改札で高岡を待っていると、五分もしないうちにやってきた。

「お久しぶりです。ここは暑いので、まずは涼しいところに避難しましょう。カフェでいいですか？」

「ああ」

龍一が案内したのは、駅から近いところにあるカフェだ。比較的に席数が多いので、たいていすぐに座れる。

先にコーヒーを買って、奥のほうの席に座った。

「こっちはうちの一年生で、マネージャーの野間玲史です。俺のお隣さんで、一緒にいたので連れてきました」

「高岡昌信《まさのぶ》です。よろしく」

「野間玲史です。よろしくお願いします。お邪魔してすみません」

「いや、いきなり呼び出したのは俺だから」

　二人が頭を下げ合っていると、龍一が高岡に質問する。

「それで、東京に出てきたのは、剣道関係でですか？」

「まぁ、そうかな。師範がこちらの関係者に会うことになって、それについてきたんだ。夕方まで時間ができたから、佐木くんに会って話したいことがあってね。――いや、お願いだな」

「お願い？」

「ああ」

　そこで高岡は、スッと居住まいを正す。背筋を伸ばし、真剣な表情で龍一の目を見つめながら言う。

「キミに、本気の剣の道に戻ってほしい。将来的に弁護士になるということで、その準備を始めているのは漏れ聞いているが…俺がキミと戦えるのはあと一年しかない。わがままだと承知のうえで、本気のキミとやり合いたいと思っている」

「高岡さん……」

「俺が、子供の頃からライバルとして意識してきたのは、キミだけだ。三年前…キミに負けた試合が忘れられない。あのときのキミは本当に、圧倒的な強さだった。全身から冴えた闘気が放たれていて、初めて、試合をする前から勝てないと思ったよ」

「三年前……」

「事情は、あとから聞いた。だが、あれがキミの本気の剣なのは確かだ。俺はもう一度、本気のキミと戦いたい」

「………」

龍一は眉間に皺を寄せ、考え込む。高岡は急かすでもなく、龍一の返事を待っていた。

しばらく沈黙が続いたが、やがて吐息とともに龍一が口を開く。

「簡単に答えが出せることではないので、少し時間をもらえますか？」

「ああ、もちろん。これは、俺のわがままだからな。無理だと言われても、当然のことと受け止めるつもりだ」

「高岡さんにそうまで言ってもらえて、嬉しい気持ちはあるんです。俺の場合、剣道に打ち込めるとしたら学生のうちだけだし……」

「社会人になってからも続けるつもりはないのか？」

「難しいですね。曾祖父の道場を継げば、女関係で面倒事が起きるだろうし…かといって、公僕というのも柄じゃないんで」

「キミならなんでもできそうだけど…ハンサムすぎて道が狭まるというのもおかしな話だね。いろいろとトラブルも巻き起こるようだし」

「ええ。だから、将来については慎重になります。平穏と安定が一番ですから」

「公僕向きなセリフだなぁ」

高岡は笑い、龍一と玲史も確かに…と笑ってしまう。

意外なほど和やかな空気の中、コーヒーを飲みながら小一時間ほど過ごした。

そして店を出て高岡と別れた二人は、予定どおりスーパーに行って買い物をする。

あれやこれやとメニューについて相談しながら籠の中身を増やしていったが、龍一はどこか上の空だった。

先ほどの、高岡の提案を考えているのだと分かる。

玲史には、高岡の言う本気の剣の道がどんなものか分からなかったが、龍一が迷うほど大変なのだろうと予想はできた。

部屋に戻り、買ってきたものをそれぞれの場所に収めると、作り置きしてあるアイスコーヒーを取り出してグラスに注ぐ。

冷たいそれにホッとしつつ、龍一に聞く。

「大丈夫ですか？　ずっと高岡さんの言ったことを考えていますよね」

「あー…まぁな。高岡さんにあそこまで言ってもらえたのは嬉しいんだが…じゃあ、やりますとは言えないんだよ。本気で剣道に打ち込むっていうことは、文字どおり一日中、剣道漬けの毎日になるっていうことだからな」

「一日中？」

「ああ。早朝から夜まで、空いている時間はずっとだ。当然、司法試験の勉強もできなくなるから、在学中の合格は難しくなるかもしれない。将来設計にもかかわってくる問題なんだよな」

「そうなんですか…それは確かに、即答できることじゃないですね」

「だろう。お気楽な大学生活にサヨナラしなくちゃいけない。あのストイックな感覚は嫌いじゃなかったが……」

当時を思い出しているのか、龍一は遠い目をしている。

なんとも切ない表情に、玲史は龍一の手をソッと握った。

「あのときは、俺の師範…曾祖父が倒れたんだよ。元気なじい様だったが、年が年だから心臓が弱っていたらしい。その曾祖父の希望で、俺はそれまでになく剣道に打ち込んだ。見舞いに来るより、優勝する姿を見せてくれと言われてな」

それが三年前で、高岡の言った「事情」なのかと玲史も納得する。

「高岡さんを破って、優勝したんですね」

「ああ。頭が澄み渡って、信じられないほど集中できた。周りの雑音は一切聞こえず、対戦相手以外は見えなかったな。一種の乖離《かいり》状態というか…不思議な感覚だった」

龍一の口調からは、懐かしさと情熱が感じられる。大変だが、とても楽しかったのだと分かった。

「また、その感覚に浸りたいですか?」

「そりゃあな…浸りたくないといったらウソになる。あれは、一種独特な世界だから。でもなぁ……」

龍一は小さく溜め息を漏らすと、考え込んでしまう。やりたいという気持ちはあっても、踏み出すには相当な覚悟が必要らしい。

判断力にも決断力にも秀でている龍一なので、こんなふうに思い悩むのは珍しい姿だった。

本当に大変そうだから、玲史としては軽々しく勧めることも、やめたほうがいいと言うこともできない。

龍一が決断するのを見守り、やると言ったときには協力するだけだ。玲史はどちらでも構わなかった。

あっという間に空になった龍一のグラスにアイスコーヒーのお代わりを注ぎながら言う。

「やりたいのに悩むのは、それだけ大変っていうことですよね？」

「ああ。稽古相手を見つけてもらうのにあちこち電話もしないといけないし、今までみたいに玲史と一緒にいられなくなる。次の大会に間に合わせるとなると、根を詰める必要があるからな」

「そうですか……」

中学では文系のクラブだったし、高校はろくに通えないうちに辞めてしまった。アスリートの知り合いもいないので、龍一の言う根を詰める状態がどんなものか想像もできない。

ピンとこないでいる玲史に、龍一が苦笑しながら言う。

「知り合ってから、かなりの時間を二人で過ごしているだろう？　マンションの隣同士っていう環境のおかげで、恋人になってからもベッタリ一緒にいられてる」

「はい」

「それが、難しくなるんだよ。俺はいつだって玲史とベタベタしていたいのに、一日のかなりの時間を剣道に取られることになる。寂しくないか？」

　ギュウギュウと抱きしめながらそんなことを言う龍一に、玲史は笑う。

「それはちょっと、寂しいかも」

「だろう？　俺も、可愛い恋人との時間が減るのは寂しい。それでなくても大学が始まったら、一緒にいられる時間が減るのに」

「お互い、めいっぱい講義を入れてますもんね。ボク、大学生ってもっとこう…呑気に遊んでばっかりだと思ってました」

「学部にもよるんだよ。うちの大学じゃ、一番きついのが医学部で、次が法学部だ。教授陣が厳しくて、講義がサボれないからな」
　一、二年生のうちは必修科目が多いのに加え、先輩たちの助言に従って単位を多めに取るよう心がけている。
　基本的に法学部は暗記勝負な面が多いから、受験勉強で活性化している脳みそを眠らせるな…ということらしい。

「大学が始まって剣道漬けになったら、料理もあまりできなくなる。牛テールのスープにチャレンジしたいのに」

「龍一さんってば、すっかり料理が趣味ですね」

「面白いからな。外食と違って、自分の舌に合わせられるし。うーん…高岡さんの言葉に応えたい気持ちはあっても、いろいろとハードルが高い……」

やりたい気持ちと、そのために犠牲にするもろもろの事柄とが、龍一の中で秤《はかり》にかけられているらしい。

小さく唸りながらも龍一の手は玲史の背中を伝い、背骨をなぞるようにする。それからさらに下へとおり、尻を撫でてくる。

触れるだけのキスを何度か繰り返し、ツンツンと舌先で誘われて口唇を開いた。

「ん……」

「玲史…好きだ……」

「ボ、ボクも……」

快楽への入り口となる、深いキスが始まる。

龍一によってそのやり方を教わった玲史は、ドキドキしながらキスに応えていった。

龍一の舌に口腔内を刺激され、頬が紅潮する。舌先を吸われ、吸い返し、夢中になって舌を絡め合った。

「あっ…ん…龍一…さん……」

たまらなくなって懇願するように見つめると、龍一は小さく笑って玲史を立ち上がらせる。

キスをしながらもつれ合うように龍一の寝室へと向かい、ベッドに倒れ込んだ。

家の中で過ごすのに楽なサマーセーターとパンツを穿いていたから、脱ぐのも簡単だ。

セーターの裾からスルリと龍一の手が潜り込み、背中や脇腹を撫でていたかと思うと、セーターを大きく捲《めく》って頭から抜かれる。

乳首を口に含まれて強く吸われると、ムズムズと疼《うず》くような感覚が腰のあたりから湧き起こった。

それが快感の兆しだと、今はもう知っている。龍一に教えられたのである。

龍一に触れられ、愛撫されるのはとても気持ちがいい。自分でするのとはまったく違う、とんでもなく強烈な快感でもある。

そして、龍一は優しい。

ただのお隣さんだったときも優しかったが、恋人になった今は囲い込むようにして甘やかされていた。

抱くときもそれは同じで、まるで壊れ物を扱うような手つきで玲史に触れ、愛撫をする。

大切にされているのは嬉しく…ときおり食い殺さんばかりの熱い瞳で見つめられるのはもっと嬉しかった。

最初の出会いがお隣さん、頼りない後輩…というものだったから、ちゃんと欲望の対象になっていると実感できるのが嬉しいのだ。

もう、弟分扱いでは満足できない。恋人として見てもらえないと嫌だった。

何度か抱かれれば、体は勝手に学習していく。

さすがに龍一のものは大きすぎて受け入れの始めのほうは大変だが、それによってもたらされる快感を知っているから、最初のときのようにガチガチに緊張することはない。むしろ、ただ肌を合わせるよりも深く龍一を感じられるため、待ち望む気持ちだった。

マンションの隣人で、同じ大学の先輩、後輩。

初めての一人暮らしである龍一に家事を教えるという名目もあるから、玲史は龍一の部屋に入り浸っている。

病院勤務の玲史の両親は、楽しそうに大学に通う玲史に安心し、以前までのように無理をしてまで帰宅するということをしなくなった。

精神的に余裕ができたのか、最近では二人でデートもよくしている。

それをいいことに、龍一と恋人関係になってからというもの、玲史はほとんどの夜を龍一の部屋のベッドで過ごしていた。

セックスをするときもあれば、抱き合って眠るだけの日もある。男同士だとどうしても受け入れる側に負担がかかるので、玲史の体調を見ながらだった。

もっとも、恋人になってそう間もないので、キスを交わしているうちに盛り上がってしまうことも多い。

多少の腰の怠さを無視して体を重ねてきた結果、玲史の体は思ったよりも早く行為に慣れることができた。

今では、射精だけだと物足りなく感じ始めるようになってきている。

自分の体が変化していくのは怖い気もするが、それが龍一によってもたらされるものだと思えば嬉しかった。

「玲史は本当に可愛いな。乳首だけでも感じるようになったか」

唇と指とで弄《いじ》られている乳首は、両方とも立ち上がって固くしこっている。そこから広がる快感と、あちこちを撫で回す龍一の手のせいで玲史の花芯も反応していた。

笑いながら立ち上がりかけた性器に触れられて、ビクリと腰が跳ねる。

「あっ、や……」

どこよりも感じやすいそこは、龍一の手を喜んで受け入れる。やわやわと揉まれれば、いともあっさり大きくなった。

それでも龍一と比べれば大人と子供ほどの差があるが、子供ではない証拠にちゃんと膨れて蜜を零《こぼ》している。

すっかりその気になった体は燃えるようで、玲史は龍一のシャツを引っ張りながら言う。

「り、龍一さん…も、脱いで……」

自分だけ裸というのは落ち着かないし、布越しではなく直接龍一と肌を触れ合わせたかった。恋人同士になってまだそう経っていない今は、蜜月期間である。

玲史の体も行為に慣れて楽しめるようになってきたので、貪欲になりつつあった。

早く早くと心が焦り、龍一が服を脱いでいくのを目で追ってしまう。

「――――」

欧米人寄りの逞《たくま》しい骨格と、しっかりとついた筋肉。半分立ち上がった中心は、その状態でも玲史のよりずっと大きい。

思わず飢えたような目で龍一の体を見つめてしまっている自分に気がついて、玲史は顔を赤くして俯いた。

今更ながら、羞恥心が湧いてくる。

一糸まとわぬ姿でいるのも心もとなくて身を縮めていると、全裸になった龍一が伸《の》しかかってくる。

いつもは王子様然としている龍一なのに、こういうときには官能的で色悪な表情を見せたりする。

「恥ずかしがってるな？　玲史の体は綺麗だぞ。細いがガリじゃないし、肌触りは最高だし…うん、実になめらかだ。特にここが……」

笑いながら龍一は、後ろに回した手で尻を撫でてくる。小振りな丸みの片方を手のひらで包み込み、ムニムニと揉んだ。

「手の中に収まる感じが、なんともいえない。ツルツルで気持ちいいな」

「……………」

そんなことを言われても、玲史は何も言えない。褒められているのは確かだが、ありがとうと言うのは変だよね…と途方に暮れていた。

玲史がどうしていいか分からずにいると、龍一の手は尻から離れて双珠ごと揉み込み、まだ固いままの蕾《つぼみ》を指の腹で擦った。

「う、ん……り、龍一さん……」

「ここでも、ちゃんと感じるようになってきたよな？　玲史のここは小さくて、きつくて、俺のをギュウギュウに締めつけてくれる」

「……………」

好きだとか愛しているといった言葉を惜しまない龍一だが、こういったことも赤裸々に言うのは困ってしまう。

「もっと慣れたら、騎乗位をしてほしいな。仰向けの俺に玲史が跨《また》がって、腰を振るんだ。きっと、すごく可愛い」

「騎乗位……」

自分と龍一の体勢を想像し、下から観察されるのかと恥ずかしくなる。

けれど嫌だというわけではないので、「も、もっと…慣れたら……」と小さい声で言うしかできなかった。

すごく恥ずかしくて…でも少し期待もしている。龍一とのセックスは気持ちがいいし、未知の行為へのドキドキ感も悪くないものだった。

乳首や局部を攻めていた手が潤滑剤を取り、濡れた指が一本ヌルリと蕾を掻き分けて潜り込んでくる。

「んっ」

最初のこの感覚だけは、どうしても慣れない。潤滑剤を塗っていても、異物感はかなりのものがあった。

玲史が思わず息を詰めると、龍一は笑って謝罪する。

「ああ、悪い。ちゃんとこっちも可愛がってやらないとな」

そう言いながら右手で玲史の体内を弄りつつ、左手で玲史の性器を揉み始める。

「あぁ、ん……」

秘孔をまさぐられる異物感や圧迫感から気を逸らすため、より強い刺激である性器を愛撫するのである。

実際、龍一の大きな手で包まれ、揉まれたり擦られたりすると、蕾を掻き分ける指を気にしている場合ではなくなる。

それにこの強い異物感も、最初だけがんばってやり過ごせば、そのうち快感に変わると知っていた。

「はっ、あ、んんっ……」

玲史の喉からは甘い声が漏れ、前に与えられる快感と、後ろを弄られる感覚との区別がつかなくなっていく。

そうなるとすっかり緊張は解け、柔らかくなった蕾に指の数が増やされる。

今度はすんなりと受け入れると、龍一は遠慮なく中を弄り始めた。

「う、んっ……龍一…さん……」

ますます玲史は嬌声をあげ、前と後ろからの快感に腰を揺らすことになる。

初めてのときから、龍一は玲史に無理をさせない。どんなに熱くなっていても、しっかりと玲史の秘孔を慣らしてから挿入していた。

ときには、もう大丈夫だと言っているのに焦らされることもあって、玲史としてはいつも翻弄されっぱなしだ。

しかし今は、最初のときほど慎重に解《ほぐ》す必要がない。毎日の行為で、秘孔は柔軟に受け入れやすく変化しつつあった。

だから指が三本に増やされるのもわりあい早く、そのときには性器を弄ってもらえず、放置されてしまう。

玲史は体力がないから、あまり射精させないようにとの龍一の判断だ。

玲史にとってはつらくもどかしいことで、脚を抱え込まれて龍一のものを押し当てられたときには腰がモジモジと揺れてしまった。

「本当に、慣れてきたな。恐怖心がなくなったみたいでよかった」

「……………」

完全に立ち上がったときの龍一自身は大きすぎるから、直視するとやっぱり怖くなる。とてもではないが体の中に入れるなんて無理…と思ってしまうのだ。

しかしその器官は意外と柔軟で、きちんと慣らせば裂けることも切れることもないのだと身をもって知っている。

恐怖心は体を固くしていい結果をもたらさないから、なるべく龍一の下半身は見ないようにしていた。

けれど、先端がグッと押し込まれれば小さく声が漏れてしまう。

「……くぅ」

やっぱり、指とは大きさが違う。

柔らかく解された秘孔を掻き分ける巨大なものに息が詰まりそうになるが、玲史は教わったとおり深呼吸を繰り返して体から力を抜こうとした。

玲史が息を吐き出すタイミングを見計らって、龍一のものがジリジリと奥に進んでくる。

緊張が走り、汗が冷える。

挿入には互いに忍耐が必要で、ようやく根本まで受け入れられたときには、玲史は安堵の吐息を漏らした。

「大丈夫か？」

「はい…でも、もうちょっと…小さいとありがたかったのに……ああっ！」

龍一の大きさに慣れるまでのわずかな時間。

体内の熱い塊が更に膨らみ、玲史は悲鳴と嬌声の中間のような声を上げる。

「な、なんで…大きくするんですか……」

「あんなことを言う玲史が悪い。挑発すると、泣くことになるぞ」

「挑発なんて……っ‼」

してないと言う前に突き上げられ、玲史は胸を喘がせる。

ひどいという言葉は声にならず、いきなり始まった激しい抽挿に翻弄されて龍一にしがみつくしかできなかった。

「玲史が可愛いのが悪い」

理不尽としか思えない言葉に涙目になるものの、抗議する余裕があるはずもない。

「……あっ、あっ、ああ……」

速く、大きな抜き差し。

玲史は龍一の腰の動きに必死についていこうとし、寝室には玲史の苦しくもあり、甘くもある声が溢れた。

★
★
★

高岡と話してからというもの、龍一はしばしば考え込む様子を見せるようになる。

食後のコーヒータイムや勉強の合間…二人で並んでテレビを見ているときなど、ふとした瞬間に遠い目をしている。

玲史はおそらく龍一の判断としてはやめたほうがいいと考えているのだろうが、やりたいという気持ちが消えなくて迷っているのではないかと思った。

そしてそれだけ迷うということは、やはり本気で剣道に打ち込みたい気持ちのほうが強いんじゃないかな…と考える。

ただ、そうなるといろいろなことを犠牲にしないといけないらしい。

ハーフで華やかな容姿とは違い、意外と堅実な性格をしている龍一の将来はだいたい決まっている。

できれば在学中に司法試験に受かり、母方の祖父の会社の法務部に入るとのことだ。もっとも司法試験はとても難しいから、入社してから挑戦してもいいらしい。

顧問をしている弁護士があと十年ほどで定年を迎えるから、その跡を継いでほしいと言われているのだった。

企業弁護士なら不特定多数の依頼人相手ではないし、一定の収入もある。女性たちが勝手にのぼせてトラブルになったりする龍一には、いい就職先である。

在学中になんとか司法試験に合格しようと勉強をしている龍一にとって、剣道に打ち込むかどうかは人生を左右しかねない大きな決断だった。


高岡と会った二日後になっても龍一の結論は出ず、二人は予定どおり映画館に向かった。インターネットですでに席は予約してあるから、のんびりとしたものだ。

暑い暑いと言いながら炎天下を歩き、電車に乗って目当ての映画館に辿り着いた。

「はー…涼しい……」

「日本の夏は、本当に暑いよな。冷たい飲み物でも買うか」

「はい。……あ、あそこのドーナツを買ってきていいですか？　好きなんですよ」

「ああ、俺も好きだ。旨いよなー」

龍一用に二つ、玲史用に一つ買って、ついでに飲み物も買う。

「しまったなー。ドーナツを食うんなら、コーヒーを持ってくればよかった」

二人ともアイスコーヒーを頼んだが、店を出てすぐに一口飲んだ龍一がそうぼやく。

「龍一さん、すっかりこだわりの人になってるからなぁ。やっぱり、あんまり好みじゃないですか？」

「ああ。別にまずくはないが…うーん……」

「帰り、デパートに寄ってケーキを買っていきましょうか？　コーヒーに合いそうなやつ」

「そうだなー。せっかくだから、ちょっと贅沢にハムやチーズなんかも仕入れて…今度、ピザを生地から作ってみようと思うんだが、できるかな？」

「うっ…ふ、深まってる……。ついに、粉ものにまで手を伸ばすつもりですか？」

「楽しそうじゃないか。粉を練ったり、伸ばしたり。餃子を皮から手作りすると旨いって、テレビで言ってたなー」

「じゃあ、まずは餃子でチャレンジしてみましょうよ。ボクも手伝います。お父さんたちも好きだから、五十個くらい作らなきゃいけないかも」

「五十個じゃ足りないんじゃないか？　俺、三十個は食うぞ」

「え……」

「どうせなら水餃子も作って…うん、旨そうだ」

玲史のは、手抜きできるところはしたい、毎日の主婦的料理法だ。しかし龍一はまさしく男の料理で、突き詰め、究めようとする。だからいずれ粉ものにも手を出すと思っていたが、予想よりも早かった。

海老餃子も作ってみたいなどと言いながらロビーでドーナツを食べる。

あっという間に食べ終わり、上映時間を待ってのんびりしていると、「リュウちゃん」という声がかかった。

そちらのほうを見てみれば、女の子が二人いる。どちらも上品系の、可愛らしい子だ。化粧もおとなしめで、高校生くらいに見えた。

声をかけたのが左側の子なのは、龍一を見つめる表情で分かる。

嬉しさと切なさと憧憬…いろいろなものが混じった複雑な表情だった。

「絵里《えり》か……。久しぶりだな」

「本当に。──あの…あのときは、短気を起こしちゃってごめんなさい」

「いや、別に気にしていない」

「でも…私、子供だったから……。後悔しているの」

何やら意味深な言葉に玲史がどういう相手なのかと疑問を持つと、タイミングよく二人が見る映画のアナウンスが入る。

「もう、映画が始まるから。元気でな」

「待って！　リュウちゃん、私……」

切ない声と表情とで呼び止める絵里に、龍一は困惑を見せる。

「なんなんだ？　俺は本当に気にしていないから、そっちも気にしなくていい。自分で決めた

ことだろう?」

「そうだけど…後悔してるんだもの」

「そんなこと俺に言われても困るんだが。時間が戻せない以上、後悔しても仕方ない。後悔を反省に変えて、次に生かせばいいんじゃないか?」

「次なんてないの。リュウちゃんにとって剣道が大切なのは分かっていたんだから、絵里が支えなくちゃいけなかったのに……。リュウちゃんのヒイおじい様が亡くなって、慰められたのは絵里だけだったのに……」

「いや、ちょっと待て。お前、何か勘違いしてないか? 慰められるのはお前だけって…なんでだ?」

　龍一が困惑してそう聞くと、絵里は泣きそうな顔で言う。

「だって、絵里だもの。絵里はリュウちゃんの特別でしょう? 小さな頃からずっと一緒にいて、リュウちゃんのことを一番よく分かっているのは絵里だよ」

「いろいろと勘違いしてるようなんだが……」

　必死な様子の絵里と、困惑する龍一の温度差が大きい。どうにも噛み合わない会話に、龍一が溜め息を漏らして切り上げにかかった。

「とにかく、俺は気にしてないし、お前も気にするな。あと、俺の特別っていうのは誤解だ。映画が始まるから、行くぞ。じゃあな」

「リュウちゃん……」

まだ話したそうな絵里に背を向けて、龍一は入り口へと向かう。チケットを渡して上映ホールに入り、自分たちの座席を探した。

座って時計を見てみれば、まだ三分ほどあることにホッとする。

「あの…今の子って……」

「ああ、叶井《かない》絵里っていって、玲史の一歳下だ。小さな頃からの知り合いで、妹のような存在っていうところかな」

「妹…ですか？」

「ああ。同じ道場にも通っていたから、幼馴染みでもあるな。もともと思い込みの強いタイプではあったが、今も変わってないみたいだな」

「………」

龍一はそう言うが、絵里の態度を考えるとそれだけだとは思えない。龍一に向けられた切なそうな表情は、もっと深いかかわりがあったのではないかと思わせた。

龍一を見る絵里の目は、恋する女性のそれだった。

同じような女の子を大学で嫌というほどたくさん見ているから、疑う余地はない。

しかも絵里は龍一をリュウちゃんと呼び、二人の間には何かしらの絆と軋轢《あつれき》があったようだった。

それがなんなのか、玲史は気になって仕方ない。

必死さの漂う絵里とは違って龍一はこだわっていない様子だが、それでも玲史のやきもきはとまらなかった。

もう少し詳しく話を聞きたい…と思って口を開きかけたところで、上映開始のベルが鳴る。

場内が暗くなり、ざわついていたのが静かになった。

話ができる状況ではない。玲史は聞くことを諦め、モヤモヤした気持ちを抱えながらスクリーンに視線を移した。

予告編が始まるが、まったく頭に入ってこない。

(幼馴染み？　ただの、妹のような存在？　でもあの子は、どう見てもそれだけじゃない感じだったけど……。後悔って、何をそんなに後悔してるのかな……)

龍一はともかく、絵里の態度は明らかに恋愛のもつれという雰囲気だった。

龍一が戸惑う態度だっただけに、噛み合わなさと違和感が大きい。

(龍一さんは、妹のような存在って言ってたし…ウソじゃないよね。そんなことでウソをつく必要はないし……)

龍一の容姿とモテ方で、誰とも付き合ったことがないとは玲史も思わない。

もちろん以前の恋人と顔を合わせたくないし、話を聞きたいわけでもないが、こんなふうに偶然会ってしまったら、龍一は本当のことを教えてくれると思うのだ。

隠そうとすればかえって面倒になりかねないし、龍一は玲史に対して誠実に接してくれていたから、玲史も信頼していた。

けれどそれとは違うところで、絵里の態度に不安を覚える。

何しろ女性にモテすぎて、誤解させないためにも極力目を合わせないよう、接触しないようにしている龍一である。

幼馴染みで妹扱いというのは、やはり特別扱いには違いない。

延々とそんなことを考え続けていたものだから、スクリーンを見ていても話が頭の中に入ってこない。

一応ストーリーは追っていたものの、楽しむとはほど遠い状態だった。

おかげで映画を見終わったあと、龍一に面白かったなーと言われても、曖昧に頷くしかできなかった。

ランチのために入ったイタリアンの店でも、これといった感想がないから聞き役に徹することになる。

旺盛な食欲で大盛りのパスタを食べていた龍一は、ふと自分の皿に視線を落として言う。

「……そういえば、生パスタも粉ものだな」

「粉ものですね」

「このモチモチ感、好きなんだよな～」

「ボクは乾麺のほうがいいです。生パスタって美味しいけど、重いじゃないですか。全部食べきれなかったりするのがつらいんですよね」

「玲史は小食だから。おばさんのほうが食べるんじゃないか？」

「ああ、そうかも。医者は激務ですから。よく体力勝負だって言ってます」

両親ともに勤務医としてそこそこのポジションにいるらしいのに、子供が大きくなって手がかからないからと、進んで夜勤を引き受けている。子育て真っ最中の医師たちを、優先して昼勤務にしたいと言っていた。

いつ急患が来るか分からないので、食べられるときに食べるのが基本だ。

家で食べるときは普通だが、急いでいるときなどは驚異的な速さで食べてみせる。それに食い溜めしないとと言って、大盛りのご飯を三膳食べることもあった。

玲史にとっては見慣れた姿だが、パワフルだな～と感心してしまう。そして両親のそういったパワフルさは姉が継承していて、今はやりたい仕事についてバリバリ働いている。

世話焼きで面倒見のいい彼らに育てられたせいか、玲史はおとなしい子だった。気が弱いとは思わないが、自分から積極的に動く性格でもないと思っている。

店を出て、街をぶらつきながらデパートに向かう。

途中の薬局で湿布を特売していたので、剣道部の補充用に買い込んだ。

「安かったですねー。奈良崎《ならさき》先輩に、メールで報告しないと」

剣道部の先輩マネージャーである奈良崎が、備品の管理をしている。そして玲史もマネージャーとして活動している以上、だいたいのところは把握していた。

「夏の合宿で、大量に消費したからな。特に一年は、体中のあちこちに貼りまくってて、笑える姿だった」

「女の子たちも、ベタベタ貼ってましたもんね。すごく嫌だけど、痛くて動けない…って」

「大会でやる気が出て、合宿でハードなトレーニングをすると、そのあとの通常練習が楽に思えていいんだよ。次の大会の戦績アップに繋がる」

「ああ…次の大会は、九月でしたっけ。あと一ヵ月？」

「そうだな。九月に関東大会、それに勝ち抜くと十月の終わりに全国大会がある」

「関東大会と全国大会って、一月《ひとつき》も間があるんですね。不思議」

「そうか？　全国から選手が集まってくる以上、乗り物や宿の手配をしなくちゃいけないだろう。個人だけならともかく団体戦もあるんだから、一月はないと困るぞ」

「あ、なるほどー。そういえば、そうですね。全国大会は武道館だから、宿のことなんて考えませんでした。電車で三十分もかからないし」

「俺たちはな。飛行機の距離の連中にとっては、大遠征だ。試合なんて水ものだし、絶対に全国大会へ行ける保証なんて誰にもない。地方大会が終わったあと、ダッシュで予約を取る必要があるんだよ。大丈夫と予測して事前に予約を取っていたとしても、一月前ならホテルのキャンセル料がかからないしな」

「納得しました。確かに北海道や沖縄からなんて、普通に旅行ですよね。一週間後とかだったら、すごく困ります」

「そういうことだ。武道館でやってもらえるっていうのは、俺たちにとって本当に楽で助かるよな」

「はい。そういえば前の大会のときは大阪だったから、奈良崎さんがいろいろ手配してくれたんでした。あれ、来年はボクの仕事になるのかな？」

「そうかもな。来年は奈良崎さんと玲史の二人だけか…もう一人、二人マネージャーが欲しいところだ」

「いっそ、ボクのときみたいにスカウト制にしたらどうでしょう？　剣道に興味があって、運動には自信がない子って、探せばいる気がします。法学部の子たちに、ちょっと声をかけてみようかな〜」

「いいかもしれない。鼻息の荒い自薦の連中は、露骨に俺目当てだからなぁ」

そう言って溜め息をつく龍一の表情は、実に苦々しい。

リアル王子様のような容姿でひっきりなしに女の子からのアプローチを受けていた龍一なので、その弊害もよく知っていた。

実際、こうして二人で歩いていても、あちこちから熱い視線が注がれている。

立ち止まって商品を眺めているとすぐに女性店員が飛んでくるし、立ち止まらなくても女の子に声をかけられたりする。

龍一はそのたびにビシッと拒絶してみせるが、積極的に声をかけてくるのは自分に自信のある女の子ばかりだから、その食い下がり方も鬱陶《うっとう》しいものがあった。

龍一が、出歩くのは面倒くさいと言う理由がよく分かる。

暑い季節ということもあって、用があるときと朝か晩のランニング以外、龍一はあまり外出しようとしなかった。

一部の女の子たちには住んでいるマンションが知られてしまっていて、たまに周りをウロウロしているから嫌なのだ。

不審者が入れない、セキュリティーの厳しいマンションでよかったと胸を撫で下ろしている状態である。

実家住まいのときは電話や押しかけも本当にひどくて、家人は辟易《へきえき》していたらしい。

近所の人たちは佐木さんの息子くんはイケメンだから…と寛大でいてくれても、迷惑をかけているのは間違いないので、家を出てきて正解だと笑っていた。

玲史もインドア派だから、家にこもってばかりでも問題はない。

部屋の中ならくっついていられるし、日常の買い物や、たまのデートで充分すぎるほど満足していた。

やがて辿りついたデパートで、二人は脇目も振らず地下へと向かう。

デパートの地下食品売り場は、二人にとってワクワクする場所だ。近所のスーパーには売っていない食材や調味料がたくさんあり、惣菜の類も盛り付けが華やかで目に楽しい。

「ちょっといい塩が欲しい。あと、ベーグルとスモークサーモン。クリームチーズはあるからいいとして、紫色の玉ネギも買おう」

どうやら明日の朝食のメニューらしい。

玉ネギが紫である必要はあるのかと玲史は疑問に思うが、突き詰めるタイプの龍一にとってはこだわりポイントなのだろうと理解する。

「夜ご飯用にも、何か買っていきましょうね。もらいものの商品券があるから、贅沢しても大丈夫ですよ」

「おっ、嬉しいな。何にしよう」

「お父さんたち、今日、明日といないんですよ。温泉に行きたくなったから、一泊してくるそうです」

「おじさんたちもデートか。仲いいな」

「はい」

あれが美味しそうだ、これもいい…などと話しながら見て回るのは楽しい。

けれど玲史の胸の中には絵里に対するモヤモヤが残っていて、せっかくのデートなのに心の底から楽しむというわけにはいかなかった。

家に帰ってすぐに食べるわけではないのを考えて、ステーキ丼をチョイスする。

イタリアンフェアをやっていたから、焼くだけのピザも買う。それから明日の朝食は、スモークサーモンをやめて生ハムだ。

ソースやドレッシングも手作りしてみたいという龍一は、味の基本となる塩を、何十種類もある中からウンウン唸って一つ選んだ。

ベーグルや野菜も買って、大漁気分で家に帰る。

「あ、暑～い……」

「クーラー、クーラー」

建物や電車の中はいいが、外は湿度が高くて不快指数も高い。少し歩けば汗が噴き出し、二人は食べ物を冷蔵庫にしまいながらやれやれと吐息を漏らした。

「アイスでも食うか」

「いいですね～」

アイス好きな龍一は冷凍庫に何種類もストックしている。

二人はそれぞれ食べたいアイスを掴《つか》むと、ソファーに座ってその冷たさにホッとした。

「毎年のことながら、日本の夏はきついな」

「慣れようがないですよね、こんな暑さ。冬はダウンやカイロで防寒対策できますけど、暑さはどうしようもないから」

「アメリカの祖父母も、日本の夏は無理だ、クレイジーな暑さだと一度で懲りたぞ。他の季節は素晴らしいと言って、秋の紅葉、冬の雪景色を眺めながらの温泉、春の桜と藤を楽しみに、年に何回も来ている。京都も好きなんだが、最近は観光客が多すぎて風情がないと怒ってたな」

「ああ、さっき街を歩いていても、外国人観光客の姿がすごく多かったですよね。日本に観光に来るなら京都は外せないだろうから、混み合ってるだろうなぁ」

「宿が取れないって親父に文句を言って、母親のほうの祖父《じい》さんのコネを使ったらしい。冬になったらまた来て、白川郷に泊まると言ってたな」

「なんだか…ボクなんかよりずっとあちこち行っている気がします」

「あぁ、そうだろうな。ついでに蔵王にも行って、温泉とスキーを楽しむ計画だそうだ。着々と日本の観光地を攻略してる」

「アクティブな方たちですねぇ。蔵王でスキーか」

「長野と迷ったそうだが、樹氷を見たいということで蔵王になったみたいだな。山形は米沢牛が有名だし。アメリカ人だから、肉には目がないんだ。日本のブランド肉は、癖になって困ると言ってたぞ」

「ああ、脂が綺麗に入ってるから、分かりやすく美味しいですもんね」

「土産に肉や果物を買って帰りたいそうなんだが、検疫の問題があるからな。いつもマヨネーズやソース、ドレッシングなんかを大量に買って帰るらしい。特に胡麻ドレッシングが大人気とか」

「へぇー」

なんだか意外だと、玲史は感心する。

「アメリカの人たちって、あまりサラダを食べるイメージがないんですけど」

「ヘルシー嗜好の連中は、結構多いぞ。それにサラダだけじゃなく、ソースとしても使うらしい。チキンやポークを焼いてかけたりとか」

「あ、そういえば棒棒鶏《バンバンジー》もしゃぶしゃぶも胡麻ダレか……。そう考えると、胡麻ドレッシングって万能調味料かも」

「胡麻ドレッシングがあると、子供たちが喜んで野菜を食うんだと。今じゃ親父が定期的に送らされてるみたいだな」

「アメリカじゃ買えないんですか？　ドレッシングは重いし、送料を考えるとそっちのほうが安い気がするんですけど」

「ネットで買えるが、高いんだよ。マヨネーズは日本の特売で二百円切るが、アメリカだと六百円くらいだとか」

「高いっ！　ご近所さんのぶんとかを取りまとめたら、日本からの送料なんか簡単に出ちゃいますね」

「だろう？　だから祖父母が日本のスーパーでいろいろな種類を買い込み、ご近所みんなで試して、欲しいものをリスト化して親父に送ってくるらしい。回数を重ねるごとに量が増えていってるとか……。だからたまに親父が里帰りすると、ご近所中から感謝の言葉とともに大歓迎されるって言ってた」

「でも、それでお祖父さんたちとご近所の交流が密になってくれれば、何かあったときに誰かが気づいてくれるから安心ですね」

「ああ。親父もそのつもりで、せっせと荷物を送っているんだろう。年老いた両親を置いて、日本で婿入りみたいな形になってる負い目があるからな」

「お父さん、ご兄弟はいないんですか？」

「妹と弟がいるが、妹は遠方住みで、弟は軍人だから家にいないことのほうが多いんだよ。空母乗りだからなぁ」

「へぇぇぇぇ」

　軍人、空母というキーワードは、日本人の玲史にはとても遠い存在だ。ドラマの中の言葉であり、リアル感がない。

　龍一も日本生まれの日本育ちではあるが、米国に住む祖父母のところによく遊びに行っていたというだけあって、玲史とは少し感覚が違うらしい。

　アイスを食べ終わると、クーラーの冷気のおかげもあってクールダウンできる。

陽の長いこの季節、外はまだ明るく、そして暑そうだった。

「たまに昼間に出歩くと、外の暑さが身に染みますね。買い物も、夕方以降にするようにしてるから」

「本当に暑いよなー。よくこんな暑い季節に、温泉に行く気になるもんだ」

「ボクもそれは思いました。でも、癒しがほしいとかなんとか……。日本人って、本当に温泉が好きだなぁ。若いうちは、温泉のありがたみが分からないそうですよ。三十歳すぎて、体力がなくなり始めると分かるそうです」

「そんなものなのかー」

「三十歳までまだまだあるから、分かりませんねー」

そんなふうに呑気な会話をしていると龍一のスマホにメールが入って、それを読んだ龍一が眉間に皺を寄せる。

玲史はまた高岡かな…と思ったのだが、どうも違う様子である。

「悪い知らせですか？」

「あ？　いや、違う。さっきの…絵里からだ」

後ろめたいところはないと言うように、龍一は玲史に画面を見せてくる。

そこには、偶然会えて嬉しい、大人びてもっと格好良くなってたね…といったようなことが書いてあった。

「メルアドも番号も、ずっと同じのを使ってるからな」

「女の子たちにバレたときとか、どうしているんですか？」

「登録されている相手以外は、拒否する設定にしてある。バレるたびに変えても、いたちごっこにしかならないからな。だから玲史も、スマホを忘れたか何かしたときは、公衆電話を使っても無駄だぞ。内田《うちだ》たちか、他の男子部員から携帯を借りてくれ」

「分かりました。大変ですねぇ」

「いや、知らない相手からの電話やメールを受けるより全然いい。家の電話番号がバレたときは、本当に大変だった……」

個人情報の管理にはうるさい時代だが、一人に漏れればあっという間に広がってしまったりする。そして一度そうなると、もう収集がつかなくなるのだ。

「固定電話だと公衆電話を排除するわけにはいかないし、そう簡単に変えられるものでもない。全国大会のあとはどうしてもテレビや雑誌に取り上げられたりするから、その度に大変な思いをしてたんだよ。主に家政婦さんと母親が。俺が家を出てからは楽だって喜ばれた」

「ああ…龍一さんくらいモテると、家の人も大変だなぁ」

「番号を変えたところで、どこからか漏れるもんだからな。飲み会の席で、隙を見て盗んだりとか。ものじゃないから罪悪感がないのかもしれないが、そんな方法で平然と連絡してくるのがすごいよな。普通に考えたら、嫌われるだけだと思うんだが」

「そういう強引な手に出る女の子たちって、みんな自分に自信があるタイプばかりだし。男は可愛い子に迫られたら弱いらしいし、嫌われるなんて考えもしないんでしょうね」

龍一と知り合ってからの半年の間に、そんな女の子たちを何人も見てきた。

可愛らしい容姿のおかげでモテてきただろう女の子たちは、龍一に容赦ない拒絶をされてもめげないか、プライドが高くて龍一の悪口を言いふらすかだった。

どっちも困りものだが、龍一としては悪口を広められるほうがまとわりつかれるよりありがたいらしい。

悪評が立って女の子が近寄ってこなければ、楽でいいと思っているのだ。

モテすぎてうんざりし、女性嫌いになりかけている龍一に、周囲の男たちはうらやむべきか同情すべきか複雑な様子だった。

「絵里さんって、本当に妹みたいな存在なんですか？　龍一さんがそう思っていても、相手はどうなのかなぁって思うんですけど……。映画館での絵里さんの態度って、妹という言葉では片付けられなかった気が……」

「ああ…それは、そうかもしれない。絵里は、祖父の友人の孫娘なんだよ。祖父母に連れていかれた集まりで会って、お嫁さんになると宣言されたな。俺はよくあることだからなんとも思わなかったんだが、大人たちはそうもいかないだろう？　無責任に、お似合いだの、可愛いカップルだの言って面白がるんだよ。お互いの祖父母まで、『許嫁《いいなずけ》ができたな』なんて笑うもんだから、辟易したのを覚えてる」

「微笑ましい光景ではありますよね」

「当事者の俺は、面倒くさいっていう感想しかなかったけどな。幼稚園でも小学校でも取り合いをされるし、女どもは悪口を言い合ったり、取っ組み合いの喧嘩をするしでうんざりしてた頃だ」

「そ、それは…大変」

「俺はなんとも思っていなかったんだが、絵里はうちの道場にも通い始めて、改めて接点ができたんだよな。ちゃんと毎日通って、真面目に練習して…そこそこ強くもなった。祖父母の関係で顔を合わせることもあったし、やっぱり他の子たちよりは近い存在だよな？　俺は妹のようなものとして扱ったが、絵里に恋心がなかったとは言えないのは知っていた。面倒だから気づかないふりっていうのは、ひどいか？」

「どうでしょう？　龍一さんのモテ方、普通じゃないから……。同じ道場で、祖父母も知り合いとなると、はっきり拒絶してもゴタゴタしそうですよね」

「可愛いと思わないでもなかったが、俺のほうはあくまでも妹のように…だからな。ただ、他の子たちみたいには邪険にはできなかったから、特別扱いと言われたらそうなんだろう。祖父母のための買い物に行きたいと言われて、付き合ってやったこともあるし」

「うーん……」

玲史は思わず唸ってしまう。

他の女の子たちには冷たい龍一が、自分には優しくて、おまけに誘いにも乗ってくれたら、勘違いしても仕方ない気がする。

恋に浮かれているときは自分に都合よく夢見がちだし、妹扱いではなく、彼女扱いと思っていたのではないかと思った。

三年前ならまだ絵里は中学三年生で、深い関係にならなくても不思議はないから、余計に境界線は曖昧になる。

「それ、絵里さんが自分を彼女って誤解してもおかしくないような……」

「牽制するためにも、事あるごとに、『妹みたい』とか『妹のように』と言ってきたんだが……」

「龍一さんに特別扱いされたら、嬉しくて、浮かれて、のぼせちゃいますよ。ボクも、覚えがあります。ボクの場合は男同士だし、自惚《うぬぼ》れちゃダメだって自分に言い聞かせていましたけど。女の子で、しかも中学生だったらひたすら浮かれてたかも」

龍一のような人間に特別扱いされて、浮かれないほうがおかしい。見目麗《うるわ》しいうえに頭もよく、しかもとても強い龍一は、女の子なら誰もが憧れる王子様なのである。

「でも、絵里さんと音信不通になっていたんですよね？　どうしてですか？」

「ああ、曾祖父が倒れて、優勝する必要があったときのことだ。剣道に集中しているから、練習中に話しかけてくるのを無視したり、邪魔をするなと叱ったりした。それに当然、買い物にも付き合わなかったしな。それで、ヒステリーを起こした。自分の祖父母に泣きついて、俺の祖父母を巻き込んで…。曾祖父の状態を話し、はっきり迷惑だと言ったんだ。絵里の祖父母たちは理解を示してくれたが、絵里はまだ子供だったからな。泣き喚いて、ヒステリーがひどくなった」

「あー…うーん……」

「捨てゼリフが、『私、モテるんだから！　もうリュウちゃんなんていい！』でな……。それまで好き好き言ってベタベタまとわりついてきたのが、道場にも姿を現さなくなった。確かに真剣に打ち込んでいるとは言えなかったが…それなりに真面目にやってきて、都の代表にもなっていたのにな」

「強かったんですね」

「全国では一回戦負けレベルだけど、まぁ、出られるだけでもいいのは玲史も知っているだろう？」

「はい。この前の大会、うちからは龍一さんだけでした。惜しいところまでいった人も多かったんですけど……」

「関東は層が厚いから仕方ない。強豪校は毎日練習しているが、うちは週二か週三だからな。絵里も、都の代表になれたくらいだから真面目に練習していたのは間違いないんだ。それなのに、俺がちょっと構わなくなったくらいで道場に来なくなって、やめちまうんだからな……」

当時は龍一もまだ十七歳で、多感な時期だ。

大切な存在である曾祖父の具合が悪いときにそんなことがあったら、いろいろと思い悩みそうである。

必死になって剣道に打ち込んでいたというのなら、龍一目当てとはいえそれなりにがんばってきた絵里がいともあっさりと剣道を止めたことにショックを受けてもおかしくない。

「玲史も、俺が高岡さんの申し出をずっと迷っているのは知っているだろう？」

「はい。こんなに迷うんだから、本当はやりたいんだろうな…って思ってました」

「……うん、まぁ、本音はそうだ。司法試験も…卒業してから我武者羅《がむしゃら》に勉強してもいいわけだし……」

「じゃあ、どうして迷うんですか？　やりたいなら、やればいいのに」

剣道に打ち込むためのネックは司法試験だとばかり思っていたので、玲史は首を傾げてしまう。

「それがなー…実は、絵里とのことが決断できない理由なんだよ」

「え？　でも、妹扱いって……」

もしかしてそれだけではなかったのかと玲史が表情を曇らせると、龍一は慌てて言う。

「違う、違う。妹扱いは間違いない。ただ…長いこと好き好き言ってまとわりついてきた絵里が、俺が剣道に没頭したことでキレたからな。別に絵里が離れていったのはいいんだが…玲史も同じように離れたら困る…と思った」

「ボク？」

　思いがけない言葉に、玲史はキョトンとしてしまう。

「ああ。困るどころではなく、絶対に嫌だから、なかなか決断できずにいた」

「え？　でもボク、それくらいで離れていったりしないですよ」

「しかし…文字どおり、朝から晩まで剣道漬けになるんだぞ？　朝は五時起きで、ランニングと素振り。講義が終われば道場に直行で、空いている時間はＤＶＤやパソコンで剣道の試合を見て勉強する。夜もランニングと素振りだ。玲史に構える時間がなくなる」

「大変そうだな…とは思いますけど、大丈夫です。絵里さんとボクじゃ、全然条件が違いますから」

　龍一がそんなふうに思っていたこと、それに自分と別れるのは絶対に嫌なんだ…と思うと、玲史は嬉しくなってしまう。

　だから思わず、ニコニコしながら言う。

「ボクたちはちゃんとした恋人…同士で、しかもお隣さんです。龍一さんが忙しくなるならボクがご飯を作って一緒に食べれば、毎日ちゃんと顔を合わせられるでしょう？　剣道の勉強中だって、一緒にいられないわけじゃないし。もともとボクはインドア派で、あちこち遊び回りたいタイプじゃないから、問題ないです」

「そう…なのか？」

「はい。邪魔だから来るなって言われたらつらいですけど…それはないんですよね？」

「まさか！　ただ、今までのようには構えなくなる。道場に通うから、不在の時間も増えるし」

「一緒にいられる時間は減るでしょうけど、普通のカップルだって毎日会えるわけじゃないみたいですよ？　その点ボクたちはお隣さんで、お母さんたちもボクが龍一さんのところにお泊まりするのは気にしてないから…恵まれた環境ですよね」

「そうか…大丈夫なのか？」

「はい。安心して剣道に打ち込んでください。ボクも、本気の龍一さんを見られるのは嬉しいです。前の全国大会のとき、すごく格好よかったから……」

特に高岡との試合は、観客を静まり返らせるほどの緊張感と迫力があった。

あのときは惜しくも負けてしまって悔しい思いをしたが、どうせなら龍一が勝った姿を見たいとも思ってしまう。

「……本当にいいのか？　構ってやれないから、呆れてうんざりするかもしれないぞ」

「大丈夫ですよ。今までだって、一緒の部屋にいて、それぞれ違うことをしていたじゃないですか。ボクは朝ご飯と夜ご飯を一緒に食べられるなら、全然不安じゃありません」

「………」

龍一は玲史をギュッと抱きしめ、小さな吐息を漏らす。

強張《こわば》っていた体から、緊張が抜けていっているのが伝わってきた。

「……玲史…お願いだから、離れていってくれるな……」

気弱な表情が、可愛い。

強くて、ハンサムで、なんでもできる龍一が、自分が離れるかもしれないと不安に思ってくれるのは嬉しかった。

それだけ、玲史が大切なのだ。

玲史は嬉しさを隠しきれない緩んだ表情で、コクコクと頷いた。

龍一の広い背中を撫で、顔を近づけ、龍一を見つめたままキスをする。

「――――」

優しい、啄《ついば》むようなキスだ。

絡まった視線で好きだという気持ちを込めると、それを理解してくれた龍一の目がフッと和らぎ、優しいものになる。

「大丈夫…ボクは、離れたりしません。ずっと龍一さんの側にいます。龍一さんのこと、大好きだから……」

「約束だぞ?」

「はい」

それでもまだ完全には不安がなくならないようなので、玲史は顔を赤くしながらツンツンと舌先でノックして深いキスを誘ってみた。

開いた唇からスルリと舌を潜り込ませると、すぐに龍一の舌が絡んできて、強く吸われる。

「んっ」

こうなると主導権は龍一に移り、玲史は翻弄されることになる。

さっきまでの弱気で可愛かった龍一は消え、いつもの龍一が現れて口腔内を舐め回されてしまった。

シャツの裾から龍一の手が潜り込んでくると、玲史は動揺しながらキスの合間に言う。

「ま、まだ、明るい……」

その言葉に龍一は笑って立ち上がり、カーテンを引く。

遮光カーテンではあるが、さすがに夜とは違う。室内は薄暗いといった程度で、目が慣れればはっきりと見えてしまう。

ためらう玲史に、龍一がからかうように言った。

「玲史のほうから誘ってきたんだぞ?」

「う……」

そういうつもりではなかったが、否定しきれないのも事実だ。龍一にキスをしたのも、そのあとで深いキスへと誘ったのも玲史だった。

ソファーの上でシャツを頭から抜かれ、ズボンのジッパーを下ろされて、玲史は明後日《あさって》の方向を向く。

龍一の視線が自分の体に注がれているのが分かって、いたたまれなかった。

「あ、あんまり、見ないでください……」

「どうして？　玲史の体は綺麗だぞ。何度も言っているのに、信じられないのか？」

「そういう問題じゃないんですけど……」

いくら綺麗だと言われても、裸を見られるのが恥ずかしいのには変わらない。ましてや、龍一とのキスで玲史の花芯はちょっとばかり反応を見せている。

龍一は小さく笑って、下着の上から玲史のものにツツと指を這わせた。

「んぅ……っ」

「どんどん感じやすくなってるよな。もう、入れられるのも怖くないだろう？」

「……」

そんなことを聞かれても、答えられるものではない。

第一、セックスにおける玲史の状態に関しては龍一のほうが詳しいくらいだから、分かっていて聞いているのだった。

さっきまでは弱気になっていてとても可愛かったのに、今は意地悪だ…と、玲史は恨めしく思いながら龍一を睨む。

「そんなふうに睨んでも可愛いだけだし、セックス前なら燃えるだけだぞ？」

「も、燃える……？」

「ああ、燃える。苛めて、焦らして、たっぷりと甘い啼き声を聞きたくなる。だから、あまり可愛いことはしないほうがいい」

「……」

意味が分からないと、玲史は困惑する。

睨みつけるのがどうして可愛いのか、龍一を燃えさせることになるのか、まったく理解できなかった。

「俺にとっては、玲史の何もかもが可愛いんだ。見ていると抱きしめたくなるし、キスしたくなる。怒っても、拗《す》ねても、泣いても…そそられるんだ」

龍一の大きな手に頬を挟み込まれ、正面から目を見つめられながらそんなことを言われた。

いつもはグレーが強い瞳が、今は青のほうが濃くなっている。龍一が高揚し、玲史に欲情している証拠だ。

玲史をドキドキさせ、体を熱くする瞳である。

青味の強い龍一の目に見つめられると、何も考えられなくなる。

触れてほしい、抱かれたいという欲求のまま龍一に抱きつき、龍一を真似てシャツの裾から手を潜り込ませた。

逞しい胸板をまさぐり、筋肉の形をなぞるように指を這わせる。

いつもならベッドに連れていってくれる龍一は、玲史の拙《つたな》い愛撫を楽しむようにジッとしていた。

玲史は龍一にも触ってもらおうと、龍一の体に乗り上げる。そして唇を合わせながら龍一の手を取り、自身の胸へと誘導した。

「ふぅ…ん……」

鼻から抜ける声が漏れる。

胸を撫でた手が乳首を掠《かす》め、ジンとした甘い疼きが広がった。

「もっと…ちゃんと……」

玲史の切望に龍一は笑い、ようやく手と指とを使って玲史に触れてくれる。

薄暗いリビングで、玲史と龍一は淫らな午後を過ごした。

★★★

絵里と会ったその日の夜、龍一は高岡に電話で決意表明をしたらしい。

行為に疲れきった玲史が眠っている間のことだから、あとから龍一に聞いて知ったのだ。

龍一は涼しくなってからランニングに出て、リビングで素振りをした。

このマンションは天井が高いし、以前から龍一はしょっちゅう素振りをしていたので、別段珍しい光景ではない。

しかし剣道に没頭すると宣言したとおり、それからの龍一の毎日は剣道漬けとなった。

朝は五時に起きて、ランニングと素振り。七時に玲史と一緒に朝食を摂り、少し休んでからパソコンで歴代の名選手たちの試合を見る。

DVDは、あちこちに声かけをしているところらしい。

胃が落ち着いたら腕立て伏せや腹筋などのトレーニングをするが、そのあとはまた素振りだ。

竹刀《しない》ではなく木刀を使っていて、ヒュンヒュンと空気を斬る音がする。

昼食を摂ってからも同じようなトレーニングを繰り返し、剣道というのはずいぶんとたくさん素振りをするものなんだな…と玲史は思った。

それに一言に素振りといっても、いろいろなやり方がある。足捌《さば》きを入れながらの素振りだから、尚更だ。

龍一の練習の邪魔にならないようソファーセットやテレビなどは端のほうに移動ずみで、玲史はソファーに座りながら龍一の練習を眺めていた。

クーラーを効かせていてもすぐに汗が噴き出して、シャツを濡らす。

それを嫌がってか龍一が上半身裸になると、素振りに沿って筋肉が動くのがよく見えて面白かった。

玲史はもうとっくに課題を終わらせているのでおとなしく読書をしていたのだが、本を開いたままで視線はついつい龍一へと向かってしまう。

龍一の意識が素振りにだけ向かっていて、玲史がいることも忘れているのが分かる。

少し寂しく感じないわけではないものの、龍一の真剣な表情を見られるのは嬉しかった。

もう本当に、格好いいな〜、素敵だな〜と見とれてしまうのだ。

恋人になってからそう間もない玲史は、まだフワフワと浮いているような心理状態で、こうして一緒にいられて、真剣な龍一を独り占めできるだけでも満足できた。

一通りトレーニングをすませると、シャワーを浴びて道場に向かう。そこでみっちり道場主たちに相手をしてもらっているらしい。

七時少し前に疲れた様子で帰ってくるから、湯船に浸かって筋肉をほぐす。夕食は、そのあとだ。

今までより少し夕食の時間が遅くなったし、龍一は父の晩酌にも付き合わなくなったが、玲史の両親はニコニコしながら「青春ねー」とか、「熱中できるのは若いうちだけだからがんばれ」と応援してくれた。

夜、涼しくなったらまたランニングに行き、素振りをしてから就寝する。

さすがの龍一も最初のうちは筋肉痛に悩まされたようだが、不思議なことに性欲のほうはなくならなかった。

横でそのトレーニングぶりを見ていた玲史などは疲れきってそれどころではないのではないかと思ったのだが、心が高揚しているせいか、反対に高ぶって困るとのことだった。

結果、毎晩強く求められるおかげで龍一が心配していたような寂しさや不満は微塵もなく、玲史にとっては充実した毎日である。

週末の二日間は、平日よりずっと剣道に専念できる。だから道場にいる時間も長く、ハードな練習をしていた。

その代わり、月曜日は休養日にしている。

朝・晩のトレーニングはランニングと素振りだけの軽いものになり、頭をリフレッシュするために剣道のＤＶＤも見ない。

この日ばかりは玲史のことだけ考えるぞと言われて、文字どおり大学にいるとき以外はずっとくっついて過ごした。

　龍一のほうが先に講義が終わるから、邪魔の入らない部室で司法試験の勉強をして時間を潰す。

　それから一緒に帰り、途中のスーパーで買い物をするのだ。

「今日は餃子にチャレンジだ。皮から作るぞ～」

「はいはい」

　すっかり料理が趣味となっている龍一は張り切っていて、部室にいる間にレシピも検索したらしい。

「冷凍の海老はあるからいいとして、挽き肉とキャベツとニラ。ニンニクはあったっけか？」

「ありますよ。水餃子をするなら、スープ仕立てにしたいです。長ネギも買いましょう」

「そうだな……。肉汁が溶けたら、もったいない」

「それと、明日の朝食用にパンとベーコンも。そろそろお酢とオイスターソースを補充して……」

　せっかく頼りになる荷物持ちがいるからと、重いもの、嵩張《かさば》るものも買わせてもらう。

　結果、二人で両手に買い物袋を下げて帰宅することとなった。

「はー…重かった」

　手分けして買ったものを収納していって、一休みすることにする。

　ソファーに座ると、龍一が冷凍庫から小さいサイズのアイスキャンディーを取ってくれた。

「冷たい…美味しい……」

「手っ取り早くクールダウンするには、体の内側から冷やすのが効果的だよな」

「ですねー」

「まだ夕食作りには早いから、テレビでも見るか。最近、ろくに見てないからなー」

ニュースはスマホでチェックできるし、玲史の家で食事のあとなどに新聞を読んでいる。けれど週間予約してある番組などは、溜まっていく一方だった。

ピタリとくっついて、笑いながらバラエティー番組を見る。

二人でこうして過ごすのは一週間ぶりだから、玲史はとても嬉しかった。

テレビを見ていても、意識が玲史と一緒にいてくれるのが分かるのだ。剣道に集中しているときは、食事をともにしていてもどこか意識を剣道に持っていかれていた。

そんなふうに穏やかな時間を過ごしていると、龍一のスマホにメールの着信がある。

ポケットから取り出して画面を見た龍一は、小さく溜め息を漏らす。そして無言で玲史に文面を見せてくれた。

絵里からのメールである。もう何度目になるか分からないが、龍一は玲史を安心させるためにすべて見せてくれるのだった。

久しぶりにリュウちゃんの剣道をしているところを見られて嬉しかった。やっぱり格好いいし、大好き…といったことが書いてある。

龍一はそう言ったメールを見せ、自分のつれない返信も見せることで、自分に後ろめたいところはないと態度で示している。

電話もかけてきていて、龍一はそのたびに忙しいから迷惑だといったことを言って切っていた。

「絵里のやつ…昨日は道場に来たよ」

「え？　道場に…ですか？」

「ああ。曾祖父の知り合いにお願いして、全日本でも上位の人に稽古をしてもらっていたのに、いい迷惑だ。部外者なんだから、追い出せばいいのにな」

「ずっといたんですか？」

「ああ。今の道場主は絵里の顔馴染みだから、きつく出られないんだろう。そういう態度がなー…子供を相手に教えるにはいいかもしれないが、剣道人としてはちょっと弱いというか……」

龍一の口調から、曾祖父が亡くなったあと、その道場主は師とするには足りなかったのだと分かる。

「しかし…俺はメールでも言葉でも、はっきり昔のことは気にするな、関わらないでくれ、迷惑だ…と言っていると思うんだが、どうしてこうも通じないんだ？」

「ボクなら、あんなふうに拒絶されたら、怖くて近寄れなくなりますけど…女の人って、自分の聞きたい言葉しか耳に入れないところがあるから。打たれ強いし…特に、自分に自信のあるタイプは図太いですよね。龍一さんも、お姉さんがいるんだから分かるでしょう?」

「ああ、分かる。姉がいると、女を見る目が辛辣になるよな。どんなに見目のいい女でも、可愛くても、砂糖菓子みたいな中身じゃないと知ってるからな」

「たいていの弟は、姉に苛められ、可愛がられて育つみたいですね。ガッチリ刷り込みが入っているから、頭が上がりません。実際、たくさんお世話になっちゃってるし」

「怖くて、優しいっていう表現がピッタリだ。いつも自分で苛めているくせに、他のやつらが苛めると、怒って追い払うっていう」

「うちの姉はとても気が強いので、頼もしかったですよ。女の子は口が達者ですから。口喧嘩はもちろん、取っ組み合いの喧嘩でも負けて、泣かされてばっかりだったなぁ」

「玲史のところは、四歳違いだったか?」

「はい。子供のときの四歳は、大きいですよ。もう、本当に、全然敵《かな》いませんでした」

「分かる。うちは三歳違いだが、それでもダメだったからな。体格的に勝てるようになる頃には、もうあっちは中学生で大人ぶってるし。見事に勝ち逃げされた気分だ」

それは玲史にも覚えがあった。ムッとして突っかかると、お子様なんか相手にしないわ…という態度を取られるのだ。おまけに、「女の子に手を上げるなんてサイテー」の必殺技も持っている。

立場の弱い弟が敵う相手ではない。同じ弟として、玲史と龍一はうんうんと頷き合いながら弟の苦労を愚痴った。

★　★　★

昼休みはみんな目当てのランチがあるからあちこちの棟の学食へと散らばるが、同じ剣道部の部員を見つければ挨拶をして自然と集まることになる。

「ちはーす、先輩方。今日のサービスランチ、豪華ですねー。四百円でこの巨大なチキンカツ、大盛り無料のカレー。スープ、サラダ付き」

「巨大すぎます。これじゃ胃袋に自信のある人間しか食べられませんよ」

玲史もカレーは好きなので、大きすぎて食べきれない量に不満がある。いつもどおり野菜たっぷりのヘルシーランチを頼んだが、野菜が足りないという内田と少し交換することで話がついていた。

剣道部の先輩たちといえば、揃って大盛りのチキンカツカレーである。しかもデザート代わりなのか、アンパンやクリームパンも並んでいる。いつものことながら大した食欲だった。

女子の部員たちはさすがにカロリーを気にしてか、カツカレーとサラダを頼んで二人で半分ずつにしていたりした。

玲史は龍一の隣に座ると、もらってきておいた皿に内田の分を取り分ける。

「玲史はまたヘルシーランチか」

「美味しいんですよ、これ。そもそも女の子のほうが味にうるさいから、作るのにも神経を使ってるみたいだし」

　さすがにカツカレーを一人で頼んでいる女の子は見かけない。

　内田からもらって食べたそれは美味しかったが、かなり豪快な作り方をしていそうだった。

　それに反して玲史のヘルシーランチは、少なめのご飯にたっぷりの生野菜と温野菜、それに挽き肉を炒めたものが載っていて、別添えのソースをかけて食べるようになっている。この、ソースが別添えというのも女の子たちには大切らしい。

「朝と夜はしっかり食べているから、お昼は軽くていいかな…と思って。龍一さんと違って、運動もしてないし」

　龍一はすでにカツカレーを食べ終え、クリームパンに手をつけている。それだけでなく、チョココロネも持っていた。

　午後の講義が終わったらいつもとは違う道場に出向いて扱《しご》いてもらう予定なので、しっかり食べておく必要があるのだ。

「今日の夜は、すき焼きだろう？　楽しみにしてる」

　もらい物のいい牛肉があるから、両親が一緒に食べられるときを狙ってすき焼きにすることにした。

　丸川《まるかわ》がすき焼きという言葉に反応して言う。

「すき焼きかー。いいなー。でも、白滝とか豆腐とか、いらないよな」

「はー？　豆腐はいるだろっ。すき焼きの汁が染み込んだ豆腐は旨いじゃないか」

「白滝も重要だ。俺は、肉と白菜の次に白滝が旨いと思う」

「いやいや、白滝はせいぜい五番目くらいだろ。三番目はないな～」

丸川の一言ですき焼き論争が始まってしまう。どの家でもすき焼きはご馳走の部類に入っているため、こだわりも強い。

それぞれのこだわりを喧々囂々《けんけんごうごう》と言い争うが、その内容がすき焼きだから微笑ましいものだった。

うちの部員は仲がいいな～などと思いながらランチを食べていると、「リュウちゃん！」という声が聞こえる。

そちらのほうを見てみれば、私服姿の絵里がいた。

高校生の絵里が、平日の昼時に姿を見せる理由がよく分からない。龍一も、眉間に皺を寄せていた。

「絵里…お前、なんでここに？　高校はどうした」

「今日は、創立記念日でお休みなの。リュウちゃんの大学が見たくなって、来ちゃった」

周りの席の女の子たちが、リュウちゃん呼びをする絵里の存在にザワついている。

それだけでなく龍一自身が名前を呼び捨てにしていることで、小さな悲鳴のようなものも上がっていた。

「休みなら、友達と遊びに行けばいいだろう。なぜわざわざうちの大学になんて来るんだ？　お前のところは大学付属高なのに」

「そうだけど…リュウちゃんに会いたくなっちゃったんだもの。リュウちゃんは？　私に会えて嬉しい？」

「いや、別に。映画館で再会するまで、すっかり忘れていたし。もともと祖父同士が知り合いの、幼馴染みというだけの関係性だ」

龍一の表情も口調も淡々としていて、親しみはまったく込められていない。内容が内容だけに、突き放した物言いだった。

絵里はそんな龍一に、クスクスと笑いながら言う。

「もう、リュウちゃんってば、相変わらず照れ屋さんなのね。絵里は分かってるからいいけど、他の子だったら怒っちゃうよ」

「……お前も、相変わらず話が通じないな。自分の都合がいいように脳内変換するのはやめろと、何度も言ってきたはずなんだが……」

「やだー。そんなこと、してないよ。変なリュウちゃん」

「………」

龍一の口から、大きな溜め息が漏れる。

先ほどの龍一の言葉は、普通ならショックを受けそうなものである。

愛想笑い一つ浮かべずに、絵里のことを忘れていた、ただの知り合い、ただの幼馴染みにすぎないと強調したのだ。

しかし絵里は精神的にタフなのか、はたまた鈍感なのか、それを龍一の照れ隠しだと受け止めた。

そこで話が一段落したと見た他の剣道部員たちが、次々に絵里に話しかける。

「絵里ちゃんっていうんだ。どこの学校？」

「可愛いねー。佐木と、どういう関係？」

「姫百合女子です」

絵里がお嬢様高校で有名な学校名を挙げると、ワッと歓声が上がる。男たちは大喜びで、聞き耳を立てている女たちは顔をしかめていた。

「何が姫百合よねぇ」

「高校生が大学に潜り込むなんて、図々しい子だわ」

周りの席にいるのはほとんどが龍一のファンなので、当たりもきつい。みんな憎々しげに絵里を睨んでいるが、絵里は平然としたものだった。

それどころか、得意げにさえ見える。

「リュウちゃんとは子供の頃からの知り合いで、祖父母同士が仲良しなんです。リュウちゃんのお嫁さんになるって言ったら、笑って許してくれたんですよ。ね、リュウちゃん」

「そんなの、俺が七歳だか八歳だかのときの話だ。許すとか認めるとかじゃなく、たわいない子供の話として微笑ましく思ったんだろう。よくあることだしな。実際俺は、その時点で十人以上の女の子に、同じことを言われていたぞ」

「なによー、それ。でも、リュウちゃんの側にずっといたのは、私なんだからっ。そうでしょう？」

「それはお前がうちの道場で剣道をしていたからだ。祖父母同士も仲が良かったしな」

「お買い物にも付き合ってくれたよね」

「祖母へのプレゼントだって言ったからだ」

「お祖母《ばあ》様も、リュウちゃんが大のお気に入りなのよ」

龍一がどんなにそっけない態度を取っても、絵里はめげない。先に龍一のほうが根負けし、大きな溜め息を漏らしながら立ち上がった。

「……食い終わったから、俺は講義室に行く。絵里、とっとと帰れよ」

龍一がそう言いながら食べ終えたトレーを持ち、そのまま出口のほうに向かうと、絵里は慌てて追いかける。

「えー。リュウちゃん、待って。私、リュウちゃんに会いに来たんだよ」

「来てくれなんて言ってない。本当に、なんで来たんだ？」

「だからー。久しぶりに会って、いろいろ思い出しちゃったの。そうしたら、もう、リュウちゃんと話さなきゃ…って」

「俺には別に、話すことなんてない」

「もう。そんなつれないこと、言わないでよー。リュウちゃんって、うちの学校でも有名なんだよ。友達が、リュウちゃんと私のことを知って、ビックリしてた。噂は聞いてたけど、実物は噂の何倍も格好いいって。私、鼻が高くなっちゃった」

「なぜ、お前の鼻が高くなるんだ？　いいから、帰れ。もう来るな」

速足で学食から去っていく龍一と、まとわりつく絵里。

二人がいなくなったあとの学食には、ちょっとした騒ぎが巻き起こっていた。

「何よ、あれ！」

「なんなの、あの子！」

「佐木様に馴れ馴れしくして、信じられない！」

「図々しいにもほどがあるわっ」

「私の王子様が‼」

佐木様と王子呼びするのは、龍一のファンの中でもわりと無害な取り巻きだ。龍一の麗しい姿が見られれば幸せ…という面々で、恋人の座を狙っている子たちとは一線を画している。

しかし絵里に関してはどちらも目をつり上げ、一緒になってキーキーと文句を言っていた。

「うおっ。女ども、怖《こ》えぇぇぇぇ」

「殺気立つって、こういうことなんだなー。般若の面が女なのを実感したぞ」

「本性を見た…女性不信になりそうだ……」

青ざめている男たちの横で、内田と丸川が声をひそめて話しかけてくる。

「おいおい、野間、どういうことだ？」

内田と丸川は玲史にとって大切な友達だし、嫌がらせに困っていたときにもたくさんの手助けをしてくれた。だから二人には龍一と恋人になったことを話している。

さすがに少し驚いたようだが、すんなりと認めてくれた。

人間関係をなるべく希薄にしようとしているように見える龍一の、度を越した過保護ぶりに、さもありなんという感じだったらしい。

男同士というだけでなく、龍一の恋人になるというのは覚悟が必要だ。

周りに知られたら玲史が激しく嫉妬されることになるし、男同士なのをここぞとばかり非難されるだろう。

絶対に隠したほうがいいというのが玲史と龍一の一致した意見で、内田と丸川もそれに同意した。

だから玲史は龍一のお隣さんで、可愛がっている後輩というスタンスを崩さず、頭を撫でたりするスキンシップも恋人になる前より控えるようにしていた。

内田と丸川は二人が恋人だと知っているだけに、絵里の登場に眉を寄せていた。

顔を近づけ、周りに聞こえないよう小さな声で聞いてくる。

「なんだよ、あの女。ずいぶん馴れ馴れしいな」

「龍一さんが言っていたとおり、幼馴染みみたい。お祖父さんたちの関係性や同じ道場ってことで、妹扱いって感じだったんだって。絵里さんのほうは、違うみたいだけど」

「自分は特別臭がプンプンしてたな。先輩を知り尽くしている感もすごかったが……」

「先輩が何を言っても、分かってる分かってるって言いながらの、全否定…なんだ、あれ」

丸川の呆れたような口調に、玲史は苦笑しながら言う。

「玲史さんは妹扱いって言ってたけど。他の女の子とは違う、特別扱いだったのは確かみたいだから。龍一さんに特別扱いされたら、たいていの女の子はのぼせちゃうんじゃないかなぁ。絵里さんって可愛いし、男の憧れの的な高校に通ってるんなら、すごくモテるだろうし。自分に自信があるタイプなら、なおさら勘違いするかも」

「うーん…思い込みが強そうなタイプだしな。先輩の言葉も、自分に都合よく脳内変換してたっけ」

「先輩、結構きついこと言ってたよな？　淡々とした口調と妙に表情をなくした顔であんなことを言われて、笑って照れ隠しだと受け止める図太さはすごいと思う」

絵里から逃げるためというのがあからさまな態度だったのに、気づかずに追いかけていったのもすごい。

「龍一さん、大丈夫かな……」

「女にまとわりつかれるのは慣れてるから、平気だって。とっとと撒くに決まってるさ」

「そうそう。あの人、いくつか脱出方法を持ってるからな。一番有効でよく使ってる手は、一階にある男子トイレに入って、窓から抜け出すやつだ。図々しい女たちは講義にも潜り込んでくるが、さすがにトイレは無理だからな」

「中にまで追っていったら、痴女呼ばわりされる。女たちはときに共同戦線を張りながらも、基本的にはライバルだから容赦しないぞ」

「厳しいんだね」

「女は怖いぞー。先輩の近くにいると、嫌でも女の怖さ、醜さを見せられることになる。おかげでおかしな女に引っかかる心配はないけど、可愛い女の子を素直に可愛いって思えなくなったな」

「うん、うん。ある意味、俺たちにとっての悲劇だよな。……野間は大丈夫なのか？」

「えっ、何が？」

「ああいう女の子が現れて。先輩は相手にしていなかったけど、やっぱり心穏やかじゃいられないだろう」

「そりゃあ、まったく気にならないって言ったらウソになるけど……。でも龍一さん、全部話してくれたからね。メールや電話、押しかけがあっても、今みたいにキッパリした態度だし。だから、気にしないようにしてる」

「まぁ、あの派手な容姿にもかかわらず、中身は真面目な日本人だからな。女に言い寄られ続けてきたせいか、普通の日本人よりお堅いくらいだし」

「そうそう。あんなにモテるのに、もったいない。俺なら我慢できなくて、あちこち手を出しそうだ。先輩にアタックする女って、みんなすごい美人だったり可愛かったりするから」

「より取り見取りの入れ食い状態だもんな」

玲史が平気な顔をしているからか、二人は安心した様子である。

内田と丸川は嫌がらせをされた件で玲史に対して過保護気味になっているため、あまり心配させたくないと思ってしまう。

だから絵里のことも気にしていない、大丈夫という態度を貫いていたが、まったくの平常心というわけにはいかなかった。

何しろ玲史は恋愛初心者なのである。

初めての恋に浮かれ、夢中になっている状態で、妹扱いとはいえ絵里のような可愛い女の子の登場にはやきもきさせられた。

妹のような存在と言っていても、龍一は絵里に甘い態度は見せていない。絵里は気にしていないようだが、かなり冷たい言動だ。

それはたぶん、玲史のためなのだろうな…と思うと、胸があたたかくなる。

しかし大学にまで来た絵里の積極性や、祖父母同士が二人が結婚するのを望んでいるというのは気がかりだった。

龍一が絵里によろめくとか、浮気をすると思っていないが、それでも胸にモヤモヤが溜まるのだった。

「……………」

少し考えたあと…玲史は七生にメールを送る。いつものコーヒー店でケーキセットを食べないかと誘ってみた。

返事はすぐにきて、ＯＫとのことだ。

待ち合わせの時間を決めて、玲史はホッとしながらスマホをしまった。


午後の講義が終わったあと、玲史はいったん家に戻って待ち合わせの時間までの間に洗濯をすませる。

畳むのは帰ってからにすることにして、コーヒー店へと向かった。

すでに七生は来ていて、アイスコーヒーを飲みながら漫画本を読んでいる。どうやら宗弘の新刊らしい。

　玲史は入り口でケーキセットを注文し、七生の前の席に座った。

「七生くん、お待たせ。来てくれてありがとう。忙しくない？」

「宗弘さんたちは修羅場中だけど、オレはあんまり関係ないから。夕食の準備までは自由だよ」

「あ、仕事中なんだ」

「そう。昨日からアシさんたちが来てて、仕事部屋に男が四人黙々と絵を描いているよ」

　二人分のケーキと玲史のコーヒーが運ばれてきて、しばし甘味を堪能する。

「ああ、美味しい…桃のタルト、最高。みんなにも食べさせてあげたかったなぁ」

「テイクアウトないもんね。来ないと食べられないのが、余計美味しく感じるんだけどさ」

　店主の奥さん手作りのケーキは、素朴で美味しい。飾り立ててはいないが、その日手に入った良い材料を使っているため、味のほうは抜群だった。

「……あー、美味しかった。すみませーん、コーヒーお代わり。今度はホットでお願いします」

「かしこまりました」

　お代わりをもらったところで、七生が口火を切る。

「それで？　何か気になることがあるっていう顔してるよ」

「え？　わ、分かる？」

「なんとなくね。表情を読むのは、わりと得意なんだ。何かあったの？」

「実は……」

　玲史はなるべく端的に、分かりやすくと心がけながら絵里の存在を説明する。

「――二人の祖父母同士が仲良くて、くっついたら嬉しいと思ってるみたい。龍一さんにその気がなくても、やっぱり複雑……」

「んー…でも、それって別に、本気でくっつけようとしてるわけじゃないんだよね？　龍一さんって一人っ子？」

「違うよ。お兄さんとお姉さんがいて、お姉さんは結婚してアメリカに行ってる」

「じゃあ、後継ぎが～とか言われる立場でもないんだ。だったら気にする必要ないね～。よかったじゃない。宗弘さんなんか地方の有力者の長男だから、大変だったみたいだよ。漫画家になるっていうだけで、大激怒の末に勘当されたらしいから。今となっては、その頭の固さが好都合だけど」

「勘当されちゃったの？」

「そう。せっかく東京のいい大学に入ったのに、漫画家なんてありえないんだって。宗弘さんは長男なのにゲイだから、漫画のことでさっさと勘当されてホッとしたみたいだね」

「みんな、それぞれ悩みがあるんだなぁ」

「生きてて、少しも悩みのない人間なんている？　いたら、すごいと思うなー」

「そうだね。……七生くんは、不安になることない？」

「なんで？」

「だって…男同士だし、宗弘さん、ハンサムだし……。売れっ子の漫画家なら高収入で、モテるんじゃないの？」

「そうかもね。でも、基本、家にこもりっきりな人だから。仕事関係で人と会うときには言い寄られることもあるみたいだけど、宗弘さん、オレのこと大好きだから誘いに乗ることはないよ。真面目すぎるほど真面目な人だしさ」

「……うらやましい自信だなぁ」

玲史が思わず溜め息を漏らしながらそう言うと、七生はケラケラと笑う。

「恋人があんな派手な王子様で、しかも人と接する機会が山ほどある大学生だと、不安になるのは当然だよね。でも、話を聞いているかぎり龍一さんって誠実みたいだし、玲史くんにベタ惚れだから心配しなくても大丈夫だって」

「べ、ベタ惚れ……？」

「そう。可愛いな〜、愛おしいな〜っていう目で玲史くんのことを見てたよ。宗弘さんと同じ目だから分かるんだ。不安になる必要なんてないって」

「そう…かな？」

「うん。不安になっても、いいことないからねー。怪しいところがあれば別だけど、そうじゃないんだよね？」

「うん。絵里さんにはこれ以上説明しても無駄だって思ったみたいで、メールや電話も着信拒否にしたし」

「じゃあ、不安で悩むなんてバカバカしいよ。時間がもったいない。大学と家事で忙しいんだから、空いた時間は有効に使わないと」

七生の見た目は繊細で可憐な美少年そのものなのに、中身は凄腕の主夫だ。

大きめの一軒家を完璧に整え、泊まり込みでやってくるアシスタントを含めた、男たち四人の世話を焼いている。三食の食事に加えて夜食、飲み物、寝具や風呂の準備などもしているらしい。

同じように家事を任されている玲史にはその大変さが分かるので、それは確かに忙しいだろうし、時間がもったいなく感じるだろうなぁと思った。

「七生くんは、宗弘さんが怪しいって感じたらどうする？」

「そりゃあ、問い質《ただ》すよ。このときの、この行動はどういうことだって。宗弘さんは純粋で素直な人だから、ウソをついても一目瞭然だろうし。それでもし浮気をしてたり、浮気未遂だったら…ギュウギュウに絞り上げる。泣かせるまで責め立ててやる」

「………」

ニヤリと、凄味のある笑みを浮かべる七生に、玲史はゾクリとした寒気を感じる。

「まぁ、宗弘さんがオレを裏切るなんて思ってないんだけどさー。生真面目で純粋思考の可愛い人なんだよ。格好いいのに自信がなくて、浮気するなんて考えたこともないタイプ。むしろオレが他の人を好きになったらどうしようって思ってて、心配でたまらないみたい」

「ああ、宗弘さんからしたら、七生くんはいろいろな人との出会いがある大学生だもんね。可愛いし、社交的だし、やっぱり心配になるかなぁ……」

七生は明るくて物怖じしないタイプだから、宗弘の不安は理解できる。そんな七生のことが好きでも、人見知りの引きこもりならいいのに…と思っていそうだ。

「でも…七生くんって、一人っ子だよね？　恋人が男の人っていうのは、問題ない？」

「それは、まぁ…普通に結婚して、孫を抱かせられなくてごめんね…とは思うけど。でも、大切なのって、オレが幸せかどうかだから。お母さんも世間体より、オレの幸せを大切に思ってくれると思うんだよね」

「それはそうだろうけど…そんなあっさり？　悩まなかった？」

「そりゃあ、まぁ、一応。でも、好きなものは好きだし。オレの場合、思い悩むのは子供のうちに終わらせたって感じかな。うちは父が亡くなったのが小さな頃だし、父方の家とは絶縁状態だからね。今どき母子家庭は珍しくないとはいえ、やっぱりいろいろと考えちゃう時期があったんだよ。でも、思い悩んでも何か変わるわけじゃないし、不幸探しをするよりは幸せ探しをするほうがいいからさ。両親がいなくて不幸…じゃなくて、お母さんだけでもいてくれて幸せ、お父さんの思い出があるのも幸せ…ってね。悩まなきゃいけない事態になったら悩むけど、それはあくまでも答えのある悩み…っていう感じかな。答えのない、悩むための悩みは脳みそから排除することに決めたんだ」

「効率的な考え方だなぁ。そんなに割り切れるもの？」

「慣れだよ、慣れ。最初はうまくできなくても、努力するうちにうまくできるようになるんだ。なんだって同じだよ」

「うーん…すごいとしか言えない……。慣れかぁ」

「そうそう、慣れ。あとは、排除する図太さかなー。でも、王子様は玲史くんの繊細さを可愛いと思っているんだろうから、難しいところだよね」

「そう…かなぁ？　ボクは、七生くんの性格がうらやましい。七生くんみたいに強くなりたいよ」

「そしたらきっと、王子は玲史くんに惚れてないと思うな。玲史くんが玲史くんだから好きなんじゃないの？……それにしても、なんでオレに王子の相談？　龍一さんのこと、よく知らないのに。共通の友達に相談したほうがよくない？」

「うーん…ボクたちのことを知ってる友達が二人いるんだけど、いろいろあったせいでちょっとボクに対して過保護気味になってて……。絵里さんのことについても心配してくれてるから、大丈夫っていうしかなかったっていうか……」

「ああ、なるほど。なまじ近いところにいると、その子に何か言って余計に話がこじれたかもね。うん、全然関係ないオレで正解かも。でも、王子が取り合ってないなら問題ないし、気にしすぎると疲れちゃうから、あんまり気にしないようにね」

「うん。七生くん、ありがとう。なんか、スッキリした」

「話すだけでもいいときってあるよねー。オレも愚痴りたくなるときがあるかもしれないから、そのときはよろしく」

「うん、いつでも言って」

聞き役なら得意だ。もっとも七生の性格だと、愚痴りたいようなことがあったら、とっとと自分で動いて解決してしまう気がする。

「おっと。玲史くん、スーパー、もうすぐタイムセールの時間だよ。行かないと」

「あ、本当だ。大変、大変」

二人はコーヒーの最後の一口を飲み干すと、慌てて立ち上がる。それぞれ会計をしてもらって、急ぎ足でいつものスーパーへと向かった。

自分の中のなんともいえないモヤモヤを聞いてもらえただけでも、玲史はスッキリできた。それに七生のような強い人と話していると、自分も見習わなきゃな〜と思える。影響を受けて、少し前向きさをもらえるのだ。

絵里のことは気にしない、龍一を信じる…というスタンスは変わらないが、玲史の足取りはずいぶんと軽くなっていた。

★
★
★

絵里はそれからも道場に顔を出したり、大学に姿を見せたりする。

大学での剣道部の練習にまで現れて、龍一は顔を強張らせた。

「お前な……いい加減にしろ。来るなと言ってるだろうが」

「どうして？　見ているだけだから、いいじゃない。それとも、絵里がいると気が散る？」

「邪魔だ。俺の周りをウロチョロするな」

「大会に専念したいから、そんなことを言うんだよね？　私ももう、三年前とは違うよ。リュウちゃんが剣道に専念したいのに、構ってなんて言わない。安心して」

「そういう問題じゃないし、実際、構えって押しかけてきているんだろうが。俺とお前は、幼馴染みという関係性しかないんだ。こんなふうに押しかけられて、こんな問答をすること自体が迷惑なんだって。どうして分からない」

「リュウちゃんは私が好きで、気になって仕方ないから、私がいると気が散るんでしょう？　絵里もそれが分かってるから、絵里のほうからは話しかけないようにしてるのに」

「………」

絵里の言い分に、龍一は顔をしかめて額を指で押さえる。

大きな声で名前を呼んだり、手を振って自分の存在に気づかせようとする行為は、絵里の中でカウントされていないらしい。

龍一は呆れ、言い聞かせる無意味さに疲れてもいるようだったが、ここで沈黙すればまた絵里が自分に都合よく解釈することも知っている。

だからすぐに顔を上げ、キッパリと言った。

「お前の認識は、何もかも間違ってる。まず、俺はお前のことが好きじゃない。気になって仕方ないというのは、部外者が堂々と大学や道場に居座ろうとすることについてだ。何度も、絵里はただの幼馴染みだと言い続けているが、意味、分かってるか？　お前を女として見たことはないし、俺には恋人がいるから、まとわりつかれるのは迷惑なんだよ」

龍一が恋人がいると言った瞬間、遠巻きに二人のやり取りを見ていた部員やギャラリーたちがどよめく。

「恋人⁉　王子に？」

「ウソッ！　誰っ⁉」

ソワソワしながら絵里とのやりとりを見守っていた玲史も、思わず飛び上がりそうになってしまう。

まさか、龍一がそんなことを言うとは思わなかった。これまでは、下手に公表すると恋人探しが始まるからと、秘密にしていたのだ。

龍一は恋愛関係については極めて冷淡かつ口が固かったので、仲のいい部員たちでさえ龍一に恋人がいるかいないか判断できなかったのである。

大学の有名人で、女の子たちの憧れの的である王子様の恋愛事情はいろいろな意味で藪蛇《やぶへび》になりかねないので、本人に言う気がないのだからそっとしておこうというのが友人たちの意見だった。

「ウ、ウソ！　ウソよっ。リュウちゃんに恋人がいないのは知ってるんだから。リュウちゃん、うちの高校でも人気があって、私が幼馴染みの元カノって知ったら、みんないろいろ教えてくれるようになったのよ」

「お前が元カノだったことはない。完全に、勘違いしてるぞ」

「リュウちゃんってば、本当に相変わらずなんだから。私もあのときよりずっと大人になったから、リュウちゃんが構ってくれなくても怒ったりしないよ。あのときは、ごめんね。短気を起こして、リュウちゃんを傷つけちゃって。今度はずっと側にいて、応援するからね」

「その思い込みが理解できないんだが。絵里が俺の恋人だったことは、一度もない。買い物に何度か付き合ったことを言っているなら、あれはあくまでも幼馴染みとしてだ。俺が一度でも、好きだとか付き合ってくれと言ったことがあるか？」

「リュウちゃんは剣士で、口下手だもの。そんな言葉がなくたって、リュウちゃんの気持ちは私が一番分かってるわ。それにリュウちゃんが買い物に付き合った女の子なんて、私だけだし。

それって、特別扱いで、恋人っていうことでしょう？」

「全然、違う。祖父母の繋がりの幼馴染み、同じ道場に通っていた仲…というだけだ。これももう、もう何度も言ったな……」

もううんざりだと龍一は溜め息を漏らすが、絵里は気にしない。まったく応えていない様子で、自分の主張を訴え続けた。

「そんなふうに言うのは、私を守るためだよね？　リュウちゃん、怖いくらいモテるから、絵里も嫉妬されて大変だったし。でも、大丈夫。私、そんなのに負けないから」

「だから、勝手に自分の都合のいいように解釈するな。俺に恋人がいるのは本当だ。もちろん絵里じゃないぞ。大学に入ってから知り合った人で、とても大切に思っている。だから余計な詮索と嫉妬を避けるため、公表はしていない。そもそも、公表するようなことでもないしな。大切な恋人を不安にさせたくないから、電話も、こうして会いに来られるのも迷惑なんだ。もう来るな」

龍一の真剣な表情と声音に、体育館内が静まり返っている。

怖いような緊張感を破ったのは、絵里の朗らかな笑い声だ。

「んもう。あのとき私が離れていったこと、そんなに怒ってるの？　素敵な男の子がたくさんいても、絵里の王子様はリュウちゃんだけだよ」

「……………」

何を言っても暖簾に腕押し状態の絵里に、龍一は頭を抱える。

龍一としてはこれまでに何度となく言葉と態度で迷惑だと訴え続けているのに、絵里にはまったく通じなかった。

絵里の中ではもう自分の都合のいいように話ができあがっていて、それが絵里にとっての真実なのだ。

冷たい態度を取っても、言葉でしっかりと拒否しても無駄になり、龍一を辟易させた。

どうしたものかと顔をしかめていると、マネージャーの奈良崎が紙とセロハンテープを持って二人の間に割り入る。

「はいはい、部外者の方々は出ていってくださーい。今日、この体育館は、剣道部の使用日なので、部員以外は立ち入り禁止になりまーす。はい、そこのキミたちも、そっちのキミたちも、みんな退出、退出」

奈良崎がはっきりと指名して出るよう促すと、女の子たちはブツブツと文句を言いながらも従う。

ただ、龍一たちのほうをチラチラと見ているのは、絵里もちゃんと出ていくのか確かめたいのだ。

「はい、そこのキミも出ていってください。佐木の知り合いとか、関係ないから」

「でも……」

「でもも、だってもなし。部員以外は立ち入り禁止です。はい、出る、出る」

「なによー。リュウちゃんを応援するために、わざわざ来てあげたのに！」

「来てくれなくて、結構。佐木を応援する女の子なんて、うちの大学だけでも山ほどいるよ。応援する人が邪魔をしてどうするの。佐木は何度も迷惑だから来るなって言ってるのにねー。もしかして帰国子女とかで、日本語が苦手な子なのかな？　ちゃんと言葉の意味が理解できない？」

「生まれたときからの日本育ちよっ。失礼な人ね！」

「練習の邪魔をする人に礼を尽くす気はないからねー。はい、出て、出て」

「ちょっと！」

奈良崎は文句を言う絵里の背中をグイグイと押し、体育館の外に押し出す。

「もう、来ないでねー」

にこやかに微笑みながら手を振り、バシンと大きな音を立てて扉を閉めた。

「やれやれ。もう一つの扉にも、貼り紙をしてこなきゃ」

「あ、ボクが貼ってきます」

「そう？　ありがと」

玲史は奈良崎からデカデカと「立ち入り禁止」と書かれた貼り紙とセロテープを受け取って、二つある扉のもう一方に向かう。

外側に貼り紙をして、扉を閉めた。

「──はい、それでは、練習再開。気を引き締めて、怪我しないように」

「はいっ」

龍一の恋人発言にそれぞれ思うところはあるのだろうが、部員たちはそれを表に出さず、練習に戻る。

何しろ、もうすぐそこに関東大会が控えている。

全国大会進出を狙う部員もいるし、前回よりもっと上に行きたいという気持ちはみんな一緒だ。

せっかく全国でも上位に入る龍一がいるのだから、しっかりと練習し、少しでも強くなりたいと意欲満々だった。

最初は露骨に龍一狙いだった一年生も、今はちゃんと剣道を好きになっている。

爪が伸ばせないとか、防具が臭いなどと文句を言いつつ、毎回練習に参加して汗を掻いていた。

部長の掛け声に合わせ、全員で素振りをする。この中で一番強いのは龍一だから、師範役として個別に指導した。

自分の練習に専念したいと大学での練習を休んだりもしたが、三回に一回は参加するようにしていた。

玲史は奈良崎の手伝いをしながら、押しの強い絵里を追い出した手腕に感心する。

「奈良崎先輩、お見事でした。絵里さんって、人の言うことを聞かないのに……」

「甘えるのが得意な妹がいるからね。対処法は分かるよ。何を言っても自分理屈で返してくるタイプは、言い分なんて聞く必要ない。自分の意見だけをダーッと言って、ダメなものはダメとシャットアウトするんだ。会話は無意味だから」

「無意味…ですか?」

「無意味だね。正論を言っても、でもだってで返してくるから。女の子は、自分の意見を押し通すためなら、いくらだって屁理屈を捏ねるよ。野間くんだってお姉さんがいるなら、分かるだろう?」

「うちの姉は、委員長タイプなので。屁理屈じゃなく、正論で相手を圧倒させるのが得意です。ボクは弟で、守られる立場だったから、そもそも姉に逆らおうと思えません」

「ああ、弟はお姉さんに頭が上がらないって聞くね。体格や力が逆転したあとも下僕から抜け出せないって聞くけど、本当なんだ」

「わりと、本当かも……。姉ってすごく怖いけど、優しい存在でもあるっていうか…たぶん、一生頭が上がりません」

「ちょっと羨ましいな。ボクは、長男だからね。弟と妹をおとなしくさせるのが大変で。両親が共働きで忙しいと、どうしても面倒を見るのは一番上になるから」

なるほど…と玲史は納得する。

奈良崎のてきぱきしたところや世話焼きが上手なのは、長男だからなのかと頷いた。

「……絵里さんって、諦めたと思います？」

「まさか。追い出したボクに怒ってはいるだろうけど、諦める理由にはならないんじゃないかな。何しろ自分は佐木の元カノで、佐木を振った存在…いまだに佐木が自分を好きだと思い込んでいるんだから。女の子の思い込みってすごいよねー。願望と妄想と少しの事実で、自分のいいように現実を作り上げる。佐木にかなりきついことを言われても、見事に脳内変換してたし」

「普通、あんなことを言われたら、へこんで近づけなくなりますよね？　ボクは、絶対に無理……」

「彼女、お嬢様で、ちやほやされてきたんだろう？　佐木とは幼馴染みで個人的な交流もあったっていうし、妄想を補強する条件がいろいろと揃ってたのかな。女の子は、自分が振った相手は、ずっと自分を好きでいると思っているし。佐木は見た目がまんま王子様だからなぁ」

「キラキラしてますもんね」

「あの容姿だけでも女の子の目を眩《くら》ませるのに、全国でも優勝を争える剣士だからなぁ。そりゃあ、モテすぎて困るわけだよ。今回の恋人がいる発言で、また周囲が騒がしくなりそうだな。……剣道部の練習中は、部外者は立ち入り禁止にしよう。練習のときには、貼り紙を張るようにね」

「はい」

玲史は頷いて、奈良崎とともにマネージャーの仕事を開始した。

★
★
★

関東大会は誰一人怪我することなく、無事に終わった。

龍一と部長、それに一年生の女子部員が全国大会に進むことになり、各々練習に励んでいる。

一年生の女子は小さな頃から剣道をしていて、もともと全国レベルの選手だった。けれど部長は中学から始め、コツコツと努力を続けた結果だから、喜びもひとしおである。

そして全国大会を控え、龍一の剣道への打ち込みはますます激しいものになっていった。

大学が休みの週末、龍一は午前中から道場に行く。社会人の強豪選手が練習相手になってくれる、貴重な時間である。

剣の達人で道場主でもあった曾祖父の関係で、歴戦の猛者《もさ》たちが相手をしてくれるのがありがたかった。

夕方近くになってようやく帰ってくる龍一はヘロヘロになっているので、どれほど扱かれたのか想像できる気がした。

「玲史～疲れた～」

そんなことを言いながら真っ直ぐ自分の部屋に来てくれる龍一に、玲史はニコニコしてしまう。

汗の匂いのする体で抱きつかれ、笑ってポンポンと背中を叩く。

「お疲れさま。お腹、空いたでしょう？　夕食までまだ時間があるから、プリンを作ったんですよ。シャワーを浴びている間に用意しておきますね」

「プリン？　いいな。じゃあ、シャワー浴びる」

途端に上機嫌になった龍一はいそいそと自分のほうの部屋へと向かうのを見送り、玲史は冷蔵庫の中から必要なものを取り出す。

龍一の部屋の合鍵はもらっているから、出入りは自由だ。

両親が仕事から帰ってくるのはまだ先だが、やはり心置きなくくっつくためには龍一の部屋のほうが都合がいい。

一緒にいられる時間が短くなっているので、二人きりでいられるときは龍一の温もりを感じ、キスもしたかった。

龍一が帰ってきたら食べさせようと思っていたオヤツの材料を持って、玲史は龍一の部屋に行く。

勝手知ったるキッチンを使い、プリンを浅めの皿に盛り、桃やスイカなどの果物を食べやすいようにカットして綺麗に盛りつけていった。

龍一がシャワーから出てきたらアイスクリームを載せて、プリンアラモードのできあがりになる。

女性は見た目が華やかなのを好むから、以前は姉にねだられてよく作っていた。母や父もこういう形にすると喜んだので、疲れて帰ってくる龍一のために久しぶりに作ってみようかなと思ったのだ。

シャワーを浴び、濡れた髪を拭きながら戻ってきた龍一は、プリンを盛りつけた皿を見て目を輝かせる。

「すごいな。カフェのみたいじゃないか」

「アイスを載せたら、完成です。チョコとストロベリー、どっちがいいですか？」

「両方」

迷うことなく答える龍一に、玲史は笑って頷く。

父親がアメリカ人だからなのか、龍一はアイスクリームを大量に食べる。今は一人暮らしなのに、冷凍庫にはファミリーサイズが二種類入っていた。

父親の住む家には、もっと大きいサイズが入っているし、アメリカの祖父母の家には映画やドラマでしか見ないようなバケツくらいのものが入っているらしい。

一般家庭ではあまり必要がないようなアイス用のディッシャーもあって、玲史はそれで龍一にはチョコとストロベリー、自分のにはストロベリーを少なめによそった。

「はい、どうぞ」

「いただきます」

行儀よく手を合わせ、嬉々としてスプーンを持つ龍一に、クスクスと笑いながら冷蔵庫の中のアイスコーヒーを注いだ。

「あー、旨いー。優しい甘味が、疲れた体に染みるなー。それにこれ、卵の味が濃い」

「ああ、今日、ブランド卵が特売になっていたんですよ。それでも普通の卵より高かったんですけど、誘惑に負けちゃって。これはもう、プリンを作るしかないっていう感じですよね」

「だから、味が濃いのか。色味も強い感じだ」

「黄味がオレンジ色でした。明日の夕食は、これを使って茶碗蒸しを作りますね」

「ああ、いいな〜、茶碗蒸し。どうせなら、俺も一緒に作れる月曜日にしてくれよ。茶碗蒸し、作りたい」

「分かりました。じゃあ、明日は何にしようかな。食べたいもの、ありますか？」

「んー……んー……ミートローフかな。前、キノコやタケノコが入ったのを作ってくれただろ？あれが食べたい」

「いいですよ。ハンバーグより簡単だし」

「えっ、そうなのか？」

「ハンバーグは成形したり、焼くのも焦がさないよう、形を崩さないよう気をつけなきゃいけないんですけど、ミートローフは器に入れて焼くだけだから」

「あ、なるほど。ハンバーグのほうがお手軽感があるが、そうでもないのか……」

「合挽き肉を使うとジューシーだけど、中までちゃんと焼けているか気を使うし。ミートローフなら上にアルミで蓋をしちゃえば焦げる心配がないから、焼きすぎなくらいでも大丈夫なんです。焼くのはオーブンがやってくれるし」

「なるほどなー」

たくさん作って冷凍しておけるからという理由で、ハンバーグを作る機会のほうが断然多い。だから龍一もハンバーグ作りは何度か体験しているのだが、ミートローフは食べたことしかなかった。

「剣道三昧もいいんだが、料理が作れないのが不満だ…あれって、いい気分転換になるんだよな」

「龍一さん、料理、好きですもんね。深まるタイプだから、面倒くさいメニューも作ってくれるし。月曜日は、茶碗蒸しと面倒くさい牛筋の煮込みなんてどうでしょう？　柔らかくするのに、根気よく煮る必要があるんだけど、美味しいですよ」

「いいなー」

「冷凍しても美味しさは変わらないから、たくさん作りましょう」

「たまに出てくる、牛筋の煮込みか？」

「そうです」

作るときはいつも肉を一キロ買ってくる。龍一が一緒に食べるようになってからは二キロに増えたが、手間は同じだ。

ひたすら煮て、スープごとタッパーに分けて何個もストックするのだ。料理に使うときにはそれに野菜を入れて、味付けをする。

「あしたはお肉屋さんが特売だから、買いに行きますね」

「いいなぁ…俺も買い物に行きたい。……野菜なんかは、月曜日にしよう。重いから、大学帰りにスーパーに寄ればいいよな」

「そうですね」

「アイスの補充もしないと。夏は新しい味が毎週のように登場するから、スーパーとコンビニの梯子《はしご》だ」

「はいはい」

アイス好きで量も食べる龍一は、かなりの量を必要とする。

剣道で忙しくなってもアイスの補充は忘れず、冷凍庫を開けると少しずつ顔触れが変わっている。

「毎日あんなにアイスを食べて、お腹を壊しません？」

「アイスで腹を壊したことなんて、一度もない。俺なんて、食べないほうだぞ。アメリカの祖父さんたちのところに遊びに行くと、親父の親戚たちは、『マジか⁉』って聞きたくなるほどの量を食うからな」

「そうなんだ……」

「玲史にも見せてやりたいなー。庭でのバーベキューが定番なんだが、そのときの肉の大きさ、厚さといったら……。食後のアイスも、茶碗くらいの大きさが三つだぞ」

「……茶碗？」

「茶碗。それを、三つだ。すでに巨大肉とビッグサイズのハンバーガーを食ってた俺には無理だった……。そうしたら、小食だなって言われた」

「龍一さんが小食？」

「ビックリするだろう？　日本じゃ、食うほうだからな。親父の兄妹たちが太ってるのは、アメリカ的な肉食の料理と量のせいだな」

「日本も肉食の傾向にありますけど、野菜も結構食べますもんね。学食でも、サラダをつけろって書いてあるくらいだし」

「あいつら、ヘルシーの定義もいろいろ間違ってるんだよ。フライドポテトを野菜にカウントしたり、牛丼はほとんどライスばっかりだからヘルシーフードだと言ったり。話をしていると、『おいおい』って突っ込むことが多い」

「牛丼がヘルシーフード？」

「まぁ、一ポンドの肉…あ、一ポンドは約四百五十グラムな。それと大量のフライドポテトに比べれば、牛丼はヘルシーかもな。量が少ないからって、食うときは二つか三つ注文するそうだ。アメリカの牛丼は、日本の倍の量があるのに」

「……」

あまりにも違いすぎる食事量に驚き、玲史は目を瞬かせる。

「アメリカが肥満大国の理由が分かりますね。車社会でそんな量を食べてたんじゃ、絶対にカロリーを消費できない……」

「向こうで胃がデカくなるのか、日本に帰ってしばらくは暴飲暴食生活なんだよなー。親父は日本食大好き日本かぶれのアメリカンだが、帰るたびにアメリカ人ヤバいって思うそうだ」

何それと、玲史は笑う。

「もう、感覚が日本人になっちゃってるんですね」

「日本に住みついて長いからな。――あー、旨かった。ご馳走様」

「アイスコーヒーのお代わり、いりますか？」

「いや、水にしておく。気をつけないと飲みすぎるんだよ」

そう言って龍一は立ち上がり、ストレッチを始める。

毎日の運動量が増えているからか、ストレッチの時間や回数も増えていった。

一言でストレッチといっても、玲史にはついていけない内容である。たまに真似をしてやるのだが、たいていは途中で疲れてやめてしまう。

体のあちこちを伸ばし、柔軟性を高める。最初の頃に比べ、龍一は驚くほど柔らかくなっていた。

それに一回りほど大きく、逞しくなった気がする。

剣道に真剣に打ち込むと決めてから、龍一の体は確実に変化していた。

Tシャツを着ていても、胸が厚くなっているのが分かる。王子様めいた綺麗で男らしい顔立ちに精悍さが加わり、慣れてさえいても見とれるものになっていた。

ストレッチのたびにうねる筋肉から玲史は目を逸らし、使った食器を片付けた。

思考がうっかりおかしな方向に行きかけたのを、食器のほうに意識を向けることで防いだのだ。

今日の夕食は両親も一緒に食べる予定なので、寝室にこもることはできない。

それに毎日激しい運動をしている龍一には、きちんと三食摂らせたかった。だから玲史は龍一を見るのをやめ、声かけする。

「ボク、部屋に戻って夕食の準備をしてます。用意ができたら呼びますね」

「おう。ストレッチが終わったら、手伝いに行く」

「よろしくです」

玲史は笑って龍一に手を振り、自分の部屋に戻る。

両親からはメールで予定どおりに帰れるとあったから、時計を見て夕食作りに取りかかった。

今日の夕食は、母親のリクエストでオムライスと海老フライだ。

子供っぽいメニューだと思うが、勤め先である病院の食堂は和食や健康的な料理が多いから、たまにベタな洋食が食べたくなるらしい。

油を使うのが面倒だが、献立を決めてもらえるのはありがたい。毎日料理をする身としては、何にするか考えるのが大変なのだ。

米を炊き、鶏肉や野菜を小さく切って炒める。

四人分のチキンライスを一気に作ることはできないから、両親が帰ってきたら半分ずつ作ることになる。

次に冷蔵庫の中の野菜を適当に使って、サラダとコンソメスープを作った。

それから海老フライの下拵《ごしら》えをして、こちらも顔触れが揃ったら揚げるだけの状態にしておいた。

玄関の扉が開く音がして、入ってきたのは龍一だ。

どうやらストレッチが終わったらしい。

「遅かったか……」

「オムライスと海老フライの仕上げはまだですよ。お父さんたちが帰ってきたら、オムライス作りをお願いしますね。ボクは海老フライを揚げますから」

「任せろ。オムライス作りは大好きだ。卵で包むのが難しいんだよなー」

玲史は手っ取り早く人数分を皿に盛って、トロトロに作ったオムレツを載せて割るタイプのほうが楽なのだが、龍一は包むほうが好きらしい。破れたりして難しいのが、余計にやる気をそそるとのことだ。

玲史はそのことを知っているので、オムライスの仕上げは龍一に任せることにした。フォークやナイフ、スプーンをセットして、グラスも用意する。

やがて米も炊き上がる。龍一が一緒に食べるようになってから、五合炊きの炊飯器がフルに活用されるようになっていた。

「日曜日は、酒の摘《つ》まみになるようなものがほしいなー。週に一度のお楽しみだ。今週もハードだから」

「週末は本当に大変そうですよね。今日もなんだかヨロヨロしてたし」

「機動隊の強面《こわもて》オッサンが相手だったんだよ。もう、強いのなんの…鬼かっていうくらい、めためたに打ち込まれた……」

拗ねたように言いながらしがみつき、ギュウギュウと抱きしめる龍一に、玲史は笑ってしまう。

「大変だったんですね。やり返せました？」

「あいつら、鬼か悪魔っていうくらい強いんだぞ。必死になって打ち込んだが、俺なんてまだまだだなー」

「機動隊の人って、全日本でも強い人がたくさんいるんでしょう？　仕方ないですよ。そんな人たちが練習相手になってくれるなんて、すごいですね」

「ああ、その点は本当に感謝してる。曾祖父の知り合いは顔が広いからな」

「うちの大学には、龍一さんの練習相手になれる人がいないですもんね」

一番強いのが部長だが、彼も全国大会に出場ができて喜ぶレベルである。部の練習のとき、龍一は師範役として稽古をつける立場になる。

自分より強い選手に相手をしてもらわなければ上達は望めず、龍一は停滞状態にあったらしい。

それが今は泣き言が漏れるほど扱かれまくり、毎日疲れて帰ってくるが、とても充実していて楽しそうだった。

「高岡さんは関西の強豪大学にいるから、それだけでも有利なんだよな。だから俺は、コネでもなんでも利用して、少しでも強くなるしかない」

負けるのは嫌いだと呟く龍一に、玲史は微笑みを浮かべる。

龍一は亡き曾祖父のコネを使うのが嫌なのだ。

曾祖父の知人たちはみんな龍一が子供の頃から知っているから喜んで手を差し伸べているようなのだが、普通なら相手をしてもらえないような強豪選手を次々に手配してくれて、後ろめたく思っていた。

華やかな見た目によらず、真面目で誠実な龍一らしい。

龍一のそういった生真面目さは玲史にとってとても安心できる部分なので、ついつい微笑ましく思ってしまう。

こんなに強く、逞しく、玲史を守ってくれる存在なのに、可愛いな、愛おしいな…という感情が湧きあがった。

玲史は龍一の体をギュッと抱きしめると、爪先で伸び上がってキスをする。

「龍一さんは、すごくすごくがんばってますよ。毎日、真面目にトレーニングしてて、えらいなぁって思います。強い人たちに扱かれるのも、楽しそうにしてますよね」

「貴重な機会だからな…自分の力不足を痛感させられるが、確かに楽しんでもいる」

龍一も笑ってキスを返してくるが、触れるだけの玲史のとは違って、舌を差し込んでくるキスだ。

両親がいつ帰ってきてもおかしくない時間なので、玲史は焦ってしまう。

「ダ、ダメですよ。お父さんたちが帰ってきたら……」

「音で分かる。玄関の扉が開いたら、すぐに離れればいい」

「でも…龍一さんにキスをされると、おかしなことになっちゃうから……」

深いキスはセックスの始まりの合図であり、前戯でもある。

玲史は龍一によってそのことを教えられているから、そんなキスをされると心ではなく体が勘違いしてしまいそうだった。

龍一もそのことを知っていて、からかうように言う。

「それじゃ、深いやつはなしな。軽いキスだけ……」

「……」

その誘惑に逆らうことはできない。

触れるだけのキスが何度も重なり、チュッチュッと互いに啄むようにする。

優しくて気持ちのいいキスではあるのだが、もっと気持ちのいいのを知っているせいか、つい唇を開いてしまいそうになって困る。

せっかく龍一と抱きしめ合い、キスをしているのだから、もっとちゃんと龍一を感じたいと思ってしまうのだ。

どうやら龍一のほうも同じようで、玲史を抱きしめる手が背骨をなぞり、腰を撫で始めている。

布越しに龍一の手の感触と体温が伝わり、体に火がつきそうだった。

「……やっぱり、ここでキスをしたのはまずかったかもしれない……」

「なんか…ご飯なんて、どうでもよくなっちゃいそう……」

同棲して二人きりならこのままベッドにもつれ込むこともできるが、現実はそうではない。

マンションのお隣さんで、親公認で龍一の部屋に入り浸っているとはいえ、好き勝手できるわけではなかった。

今日は玲史の両親と一緒に夕食を摂る予定だし、毎日激しく体力を消耗している龍一のためにもおかしな時間に食事させるわけにはいかない。

龍一には、規則正しい食事とたっぷりの睡眠が必要だった。

「かなり自由にやらせてもらってる立場でなんだが…こういうとき、親元にいる切なさが身に染みるな」

「でも…親の目がなくても、ご飯はちゃんとした時間に食べないと……。特に今の龍一さんはハードなトレーニングをしてるから。その…途中でお腹が鳴っても困るし……」

プリンのオヤツくらいでは龍一の腹は膨れない。時間稼ぎにしかならないと分かっているから、食事抜きだと行為の最中に腹が鳴ることは充分ありえる。

「それは、いくらなんでもムードぶち壊しだよな……」

龍一は笑って、玲史を抱きしめていた腕を離す。

「玲史に触ってると、どうにもダメだ。ついついキスしたくなる。おじさんたちの手前、冷静でいないとな」

玲史は龍一の温もりを名残惜しく思いながらも、その言葉にコクコクと頷いて同意した。

★
★
★

絵里は相変わらず龍一に付きまとっている。

だが、大学での練習のときは奈良崎によってシャットアウトされるので、主に道場のほうに出没しているようだ。

そのせいで龍一は、他の道場で練習させてもらっているらしい。何しろ自分の都合がいいように解釈する絵里とは話ができないので、言い争うのは時間の無駄だった。

そして龍一の休養日となる月曜日。

時間を合わせて一緒に大学を出た二人は、スーパーとコンビニで買い物をして、両手いっぱいに袋を下げていた。

龍一は新しいアイスを二種類見つけて上機嫌である。

「焼き栗と焼き芋のアイスって、どんな感じだろうな。どっちも旨そうだ。二層構造となると、口の中でのミックス感が気になる」

「ボクは、渋皮入り贅沢モンブランのほうが気になります。すごく美味しそうな響き……」

「そっちは、味の予想がつくからな。栗とサツマイモのミックスは、そうじゃないところが面白い」

「チャレンジャーですよね」

「まぁなー。失敗作だって話の種にはなるだろ」

あれは美味しかった、あれはまずかった、悶絶したなどと話しながら歩いてマンションの前まで来ると、絵里が所在なげに佇んでいた。

「リュウちゃん！」

「……………」

「……………」

またかとうんざりしたのは、何も龍一だけではない。

いくら龍一がまったく相手にしないとはいえ、絵里の思い込みによる元カノとしてのアタックは見ていて嬉しいものではなかった。

玲史にも地味にストレスが溜まり、絵里の顔を見ると胃の辺りがムカムカする気がした。

「お前、なぜここに?」

「お祖母様に、聞いてもらったの。リュウちゃん、教えてくれないんだもの。入り口の暗証番号も教えて、合い鍵も貸してもらってって言ったんだけど、無理だったみたい。別にいいのにね」

「全然よくない。家主の意思に反して入るのは、不法侵入だ。そもそも、ここに押しかけられるのも迷惑なんだよ。勝手に情報を漏らす、うちの祖父母もどうかしてるがな。きつく文句を言わないと……」

「だってリュウちゃん、一人暮らしじゃない。散らかってるだろうから、お掃除やお洗濯をしてあげようと思って。リュウちゃんが剣道に専念できるようによ？」

「必要ない。掃除も洗濯も、自分でできる。押しかけられるのは迷惑だ。帰れ。二度と来るな」

「ひどーい。わざわざ来てあげたのに、そんな言い方ないよー。ありがとうって言って、お部屋に通してくれなきゃ。絵里、リュウちゃんのお部屋に行きたいの」

「断る。入れる気はない。迷惑だから、帰れ」

龍一は絵里と話すとき、必ずと言っていいほど「迷惑」や「帰れ」といったキーワードを入れるのだが、絵里が聞き入れたことはない。

かなりきつい言葉ばかりにもかかわらずまったく気にする様子を見せなかったのに、なぜか今回は泣きそうな表情を浮かべた。

「リュウちゃん、ひどい……。なにも、そんな言い方しなくたって……」

弱々しい声で訴え、涙は出ていないのに、目元に手を当てて泣いているふうを装う。

傍から見れば本当に泣いているように見えるらしく、通りすがりの通行人がジロジロと龍一と絵里に視線を送っていた。

「お祖母様だけじゃなくて、パパやママたちもリュウちゃんのこと、素晴らしい青年だって言って応援してくれているの。……絵里、リュウちゃんが好きなの……リュウちゃん、絵里のこと…嫌い?」

絶妙なタイミングでポロリと涙をこぼす絵里だが、龍一は意に返さなかった。

「泣き落とししても、無駄だぞ。俺には綺麗で可愛い恋人がいるんだっ。それでなくても剣道漬けで構える時間が少なくなっているのに、お前のおかしな妄想のせいで余計な不安を与えるわけにはいかないんだよ」

「また、そんなウソをついて……。絵里には本当のことを言って」

「ウソじゃない。俺の恋人だとバレると、嫌がらせをされる危険があるから、公表していなかっただけだ。実際に恋人はいるし、とても大切な存在だから傷つけたくない」

「え…でも、それは、フリーだと告白ラッシュで大変だから…でしょう?」

「違う。俺は事実を言ってる。どうしてお前は俺の言うことを信じないんだ?」

龍一が非難を込めてそう言うと、絵里はそれまでのしおらしい態度を忘れたように頬をぷうっと膨らませた。

「リュウちゃんは有名人だって言ったじゃない。目撃情報もいろいろあるけど、本当に恋人がいるなら、一緒にいるところを一度も見られてないなんておかしいもの。ファンサイトでも、今のリュウちゃんに恋人はいないって載ってるよ」

「ファンサイト?」

「そういうのがあるの。私も友達に教えてもらったんだけどね。そこでリアルタイムの目撃情報も載ってるのよ。私なんて、そこの子たちから敵認定されちゃって大変なんだけど…リュウちゃんと仲いいと仕方ないいんだよね」

「仲よくない。ただの知人、ただの幼馴染みだ。勘違いするな。周りに、勘違いさせようとするな」

絵里には何を言っても通じないから、同じような会話がひたすらループするだけだ。

龍一は玲史のためにも必死で否定しているが、相手に聞く気がない以上、無駄な時間だと思ってしまう。

「あの…早く帰らないと、アイスが溶けちゃいますけど……」

「ああ、そうだった！　アイスを買ってたんだ。急いで帰るぞ」

「はい」

玲史は頷き、入り口で暗証番号を打ち込む。

開いた扉から中に入ると、龍一も「お前は帰れ！」と絵里に言って、閉まりかけた扉をすり抜けた。

追いかけてこようとした絵里の鼻先で扉が閉まり、目を吊り上げる。

「リュウちゃん！　どうしてこんな意地悪をするの⁉」

「意地悪じゃない。お前を中に入れる気がないだけだ。じゃあな。もう二度と来るなよ」

「ひどいわ！」

絵里は泣きそうな顔で文句を言うが、龍一は踵《きびす》を返してエレベーターへと向かう。

「やれやれ。ついにここにまで現れたか……」

「絵里さんのバイタリティー…ちょっとうらやましいような……。あの打たれ強さはすごいですよね」

「いや、あれは打たれ強いんじゃなく、打たれていることに気づいていないだけだ。お嬢様で、可愛い可愛いと言われて育ってきたから、自分が拒絶されるなんて思ってないんだな。俺に迫ってくる女にはああいうタイプが多いから、正直うんざりしてるよ」

龍一に声をかけてくる女性は美女だったりアイドル並みに可愛かったりするし、確かにみんな断られるとは思っていない態度だった。

「ボクは、ファンタイプですね。龍一さんが現れそうなところで待って、格好いいな～素敵だな～ってうっとりしてる人たちみたいな」

「あいつらは、とりあえず害がないから問題ない。視線は鬱陶しいけどな。……しかし玲史は、ファンタイプでもないんじゃないか？　俺を好きになったとしても、無理だから、迷惑だからでソッと諦めそうだ」

「それはー…そうかも。同じ大学だから好きになるのはありえそうだけど、接点がないですもんね。挨拶すら交わせない関係性じゃ、諦めるしかないような……」

「俺は…どうかな？　お隣さんとして挨拶をしに来て、目が合ったとたん、欲しいと思ったたからな。同じ大学である以上、玲史を見たら反射的に欲しいと思うかもしれない。そうしたら、なんとしてでも接点を作っただろう。見張られているようなものだから、難しいものがあるが」

その言葉が嬉しくて、玲史はニッコリと笑う。

しかし同時に、先ほど絵里が言った言葉が気になって仕方なかった。

「リアルタイムの目撃情報が載ってるって、ちょっと怖いですよね。サイトの管理者に苦情を入れたほうがよくないですか？　本人降臨って、大喜びされちゃうかな？」

「まぁ、喜ばせておいて、やめさせるのも手だ。さすがにどこにいるかいちいち報告されるのは勘弁しろよって感じだな」

物心ついたときから女の子たちに取り合いをされてきた龍一だから、見られることには慣れているし、仕方ないと諦めてもいる。

ファンサイトの存在は本人の耳に届かないようにしていたのか、初耳だったらしい。

龍一の部屋に来た二人は真っ先にアイスを冷凍庫に入れ、一つ食べながら買ってきたものをあちこちに収納していく。

「まだ、夕食の支度までには時間があるな。ファンサイトとやらを探してみるか」

「そうですねー」

二人はソファーに並んで座り、ノートパソコンを開く。

佐木龍一で検索をすると、かなりの件数が出てきた。

「名前だと、ちょっとした記事も全部引っかかるのか…量が多すぎるな」

「龍一さんにバレないようにしていたのなら、逆に名前は出さないようにするんじゃないですか？　ファンの子たちの視線で考えると…『ハーフの美形剣士』とか、『剣道の王子様』とか、そんな感じ？」

「イタいな、それ……。自分でそんな検索をかけさせられるなんて、なんの罰ゲームだよ……」

龍一はブツブツと文句を言いながらも、玲史の言ったキーワードを打ち込む。

「うっ…思ったより件数が多い……勘弁してくれ」

「本当だ…『ハーフの美形剣士』は、記事関係も多いんですね。じゃあ、『剣道の王子様』のほうが個人的な感じでヒットしやすいかも……」

「よりきつい名称なんだが……」

「女の子って、ベタな呼び方とか、好きだから。龍一さん、リアルに『王子様』呼びされてるみたいだし」

「イタい…きつい…しんどい……」

ランニングをしてきたあとよりも苦しそうな表情に、玲史はつい笑ってしまいそうになる。目立つ美形だという自覚がある龍一だが、ナルシストとはほど遠い。それだけに乙女チックな呼称は苦しいものがあるようだ。

「剣道の王子様」はかなり件数が減り、一番上にそれらしいタイトルのものがきていた。

開いてみるとまさしく探していたサイトらしく、ベタベタと貼られた自分の写真の多さに龍一が呻き声を上げる。

「肖像権について、詳しく調べる必要があるな……。大会中の写真ならともかく、プライベートのがやたらと多いじゃないか。わざわざフォルダー分けして、剣道着、私服、高校、大学ってなんだ。子供のときの写真まであるって、なんなんだ？」

小学生や幼稚園のときの写真まであって、龍一はギャーッと悲鳴を上げる。

高校や大学の写真には、明らかに望遠レンズで撮ったものや、講義中に居眠りをしているものまであった。

「いったい、いつ撮られたんだ？　望遠はともかく、教室や講義中の写真はどうやって撮ったのか謎だ。携帯電話やスマホはシャッター音がするし、カメラを向けられればさすがに気がつくはずだよな」

「シャッター音を消すアプリがあるみたいですよ。カメラは…気がつきますよねぇ、普通。龍一さんは気配に鋭いほうだし…本当に、どうやって撮ったんだろう？」

玲史と龍一は首を傾げるが、あいにくとカメラに詳しくないため、出所を疑いたくなる写真がどういった方法で撮られたのか分からない。

「……これ、高校かな？　教室での着替え中の写真……」

あからさまな盗撮に、玲史は呆れてしまう。

しかもそれが教室の中ということは、撮れるのはクラスメイトしかいないのだ。

「ぬうっ…これはいったい、どういうことだ？　写真部の裏写真ってやつか？　いや、しかし、それをやったら訴えてやると脅して、無難なのを撮らせてやったしな……。これは…外の風景と中の様子からして、二年のときだな」

眉間に皺を寄せ、ブツブツと呟く龍一の顔は険しい。

あからさまな盗撮と、問題のある写真をピックアップして、サイトに載っていたアドレスに苦情のメールを送った。

目撃情報には載せられない情報を仕入れるために、アドレスがあったのは幸いだった。さすがに誰でも見られる掲示板に書き込むのは厳しいものがある。

龍一は額を指で押さえ、大きな溜め息を漏らした。

「ファンサイトっていうのが、まさかこんなのだとはな……。さっき、コンビニで買ったアイスの銘柄まで書いてあるんだが…俺は芸能人じゃないんだぞ。これはあきらかにプライバシーの侵害だろう」

「そうですよね。一応、住んでいるマンションの名前は載っていないみたいだけど…街の名前やスーパー名が書き込んであるから、かなり個人情報が漏れているような……」

目撃情報の掲示板をスクロールしてチェックしてみると、玲史も思わず顔をしかめてしまう。

サイトには玲史の写真も載っていて、「王子様のお隣さんで、可愛がってる剣道部の後輩マ

ネージャー」と紹介されていた。

もちろん龍一に付きまとっている絵里についても載っていて、敵扱いされている。かなり辛辣な書き込みと、怒りに満ちた罵詈雑言《ばりぞうごん》だ。

「自分のパソコンの履歴に残したくないから、終わったら速攻で消去だ」

「でも定期的にチェックしたほうがいいと思うんですけど…暴走されたら困りませんか？」

「冗談だろ？　これを、お気に入り登録しろっていうのか⁉　イタすぎるっ」

「……確かに、イタいかも……。分かりました。それじゃあ、ＵＲＬをメモって、うちのパソコンで登録しますね。ボクが定期的にチェックします」

「……頼む。俺には、かなりしんどい作業だ。できれば二度と見たくない」

「はい」

パソコンの電源を落とした龍一は、ソファーに凭《もた》れかかって大きな溜め息を漏らす。

「まったく、頭の痛い事態だ…一般人の情報を垂れ流していいと思ってるのか？　せっかくの休養日なのに、腹の立つ……。うーっ、玲史、料理するぞ。牛筋に挑戦だ」

「はい」

すっかり料理が趣味になってるな…と微笑みながら玲史も立ち上がる。

返信が来ても分かるようにパソコンを開いたまま二人でキッチンに行き、手を洗って下拵えに取りかかった。

せっかくの休養日なのだからどこかに遊びに行けばいいと思うのだが、龍一にとっては料理のほうがストレス発散になるらしい。

外に出ればどうしても人の注目を集めることになるので、気疲れするのだ。

本屋での立ち読みや、そのとき読んでいた本のタイトルまで報告され、王子が読んでいた本、買っちゃいました〜などと書かれているのを見てしまった今、どんどん出不精になりそうで心配だった。

けれど玲史にとって誰の目を気にすることもなく二人きりでいられる時間は貴重で、大変だな…と同情しながらも嬉しかった。

それに今日は両親の帰りが遅くなるので、龍一の部屋に泊まると言ってある。

朝までずっと一緒にいられるのである。

そうなると必然的に抱き合うことになるから、玲史はどうにも嬉しさを抑えられなかった。

不機嫌な龍一も可愛い…などと思いながら、浮き浮きと一緒に料理をした。

全国大会が目前まで迫ると、龍一の発する気配が鬼気迫るものになってきていた。

周りの人間やファンたちもそんな龍一を気遣い、そっとしておく配慮を見せる。今までとまったく態度が変わらないのは、絵里くらいのものだった。

大会に専念するために部の練習も完全に休み、家でも素振りをするか高岡の試合のＤＶＤを見て研究している状況だった。

全国大会だから緊張しているのではなく、高岡との対戦しか頭にない状態である。

★
★
★

玲史はそんな龍一のために、武の神様で有名な神社へとやってきていた。

剣の神でもあるそこは、片道二時間半。乗り換えがうまくいかなければ三時間ほどかかってしまうが、休日ならなんとか日帰りできる距離だ。

だから玲史は朝食を摂って龍一を送り出し、電車を何度も乗り換えて神社へと向かった。

玲史はごく一般的な日本人で、宗教を意識するのは冠婚葬祭のときだけ…という感じである。

普段は神を意識することはないが、それでも神社に来れば空気感が違い、背筋が伸びる気がする。

ましてやこれから龍一の勝利を願うのだから、正月に参内するのとはまったく心構えが違っていた。

手水《ちょうず》で手を洗い、口を漱《すす》ぎ、社の前まで来てお賽銭を入れる。

鈴を鳴らして、龍一の勝利をひたすら願った。

「――――」

静謐《せいひつ》な空間で、意識が現実から切り離される。

(どうか、龍一さんを優勝させてください。それと、怪我をしないよう、お願いします。高岡さんはとても強いけど、龍一さん、すごく努力したんです。だから、なにとぞ、なにとぞ、よろしくお願いします……)

時間の感覚がなくなる中、気のすむまで祈った玲史はフウッと肩から力を抜いて、最後に一礼した。

それから武運を祈るお守りを購入し、元来た道を戻ることにする。

途中のそば屋で天ぷらそばを食べて昼食にし、また何度も乗り換えて帰宅した。

文字どおりとんぼ返りなのに、帰りついたのは四時だった。

「疲れたー」

玲史はソファーに横になり、ハーッと脱力した。

今日は朝から出かけるつもりだったから、昨夜のうちにカレーを作っておいた。ピクルスもあるし、温めるだけですむので龍一が帰ってきてから動き出せば充分である。

「あ…ご飯は炊かなきゃ……。でも、まぁ、もう少しあとで……」

朝からずっとトレーニングをしている龍一に比べ、電車に乗っていただけなのに情けないが、久しぶりの遠出はやはり疲労を感じた。

玲史は目を瞑り、胸のポケットに入っているお守りをソッと指でなぞってみる。

冠婚葬祭のときにしか意識しない宗教だが、神の存在を否定しているわけではない。

八百万《やおよろず》の神…それこそ、神は道端の花や米粒にも宿っているかもしれないと思っている。そして困ったときの神頼みというか、不安だったり心配だったり期待だったりのモヤモヤする気持ちを祈りに込め、ささやかな一助になってくれれば嬉しいとお守りを買ったのだ。

本当に御利益があると信じているわけではなく、あくまでも気持ちの問題である。

玲史の龍一を応援する気持ちをお守りに込めたことで、大会が近づくにつれてソワソワと落ち着かなかった心が安定を取り戻した気がする。

龍一の緊張と高ぶりが側にいる玲史にも伝染して、とてもではないが平常心でいられなかったのである。

玲史がお守りに手を置いたままウトウトしていると、龍一が「ただいまー」と帰宅する。

その声で目が覚めた玲史は、ムクリと上体を起こして伸びをする。

「お帰りなさい……」

「昼寝をしてたのか？」

「ちょっと遠出をしたので、疲れちゃって」

「遠出？」

「はい。あの、これ……」

玲史は胸のポケットからお守りを取り出し、龍一に差し出す。

「お守り？　遠出って、もしかしてこれを手に入れるためにか？」

「はい。気休めだって分かっているけど、少しでも力になれればと思って……」

そこまで言って、もしかしたら押しつけがましかったかもとか、邪魔かもしれないといった不安に襲われる。

余計なことだったかと身を小さくすると、龍一は笑って玲史を抱きしめてきた。

「ありがとうな。大切にする」

「邪魔…じゃないですか？」

「いや。ゲンを担ぐ選手は多いぞ。胴の内側に付けることができるから、玲史と一緒に戦えるな」

「………」

余計なことではなかったらしいと胸を撫で下ろし、それから一緒に戦うという言葉に涙が出そうになる。

龍一と暮らしているも同然の玲史は、龍一の努力をずっと側で見てきた。文字どおり朝から晩まで、勝つためのトレーニングを積んできたのである。

最初の頃は筋肉痛でかなり大変そうだったし、夏で暑かったこともあって体力的にもきつそうだった。

もちろん自分の体調をきっちりと把握して、そのうえでギリギリまで鍛えているのだと分かっていても、見ているとつい心配になってしまう。

龍一の手は竹刀ダコでゴツゴツしている。ここ数ヵ月の激しい練習で、それらが何度も破れて血が出たのを手当てしてきた。

練習のしすぎであちこち熱を持った体も冷やしてきたし、龍一の努力は誰よりも知っていた。

だからこそ、善戦できればいい…とは思えない。龍一の練習は、高岡に勝つためのものなのである。

それゆえに玲史も、大学剣道で絶対王者と呼ばれている高岡を、ぜひ倒してほしいと思った。

★
★
★

ついに迎えた決戦の日。

もうすっかり夏の名残さえなくなり、季節は秋へと足を踏み出し始めていた。

武道館での試合とあって、部員たちは全員応援に来ている。

全国大会に初出場の部長は、みんなの声援を受けて一回戦を突破し、二回戦は惜しいところで敗れてしまった。

相手はシード選手だったから、かなりの善戦を繰り広げたことになる。

そして龍一は――三ヵ月に及ぶ剣道漬けの日々を糧《かて》とし、危なげなく勝ち抜いていた。

高岡と戦うためには決勝まで行く必要があり、この日の龍一は素晴らしく集中していた。

闘気が全身から漲《みなぎ》っている。そのくせとても凪《な》いでいて、あちこちから黄色い声援が飛んでも一顧だにしなかった。

会場には、絵里の姿もある。どうやら友達と来ているようで、龍一の名前を呼び、手を振って応援している。

近くで睨みつけているのは、例のサイトを見ているファンかもしれない。

かなりの人数がいるし、わざと聞こえるように、「図々しいわよね」とか、「佐木さんは散々来るな、迷惑だって言ってるのに」と言っているのだが、思いっきり無視して龍一に声援を送っていた。

リュウちゃん、リュウちゃんとこれ見よがしに龍一の下のほうの名前を連呼する絵里に、部員たちは眉をひそめ、龍一のファンの子たちの視線は睨みつける。

中には、「ブス」「消えろ」と言っている子までいる。

可愛らしい女の子たちの般若のような表情と、その毒々しい言葉に男たちは引いていた。

「怖《こ》えぇぇ」

剣道部の部員たちは絵里とファンの女の子たちの攻防を見慣れていたので、またやってる…程度にしか思わない。

彼女たちは絵里にキーキー文句を言ったり、龍一に声援を送ったりと忙しくしていた。

準々決勝、準決勝と、龍一は順調に勝ち上がる。

前回の覇者である高岡も、当然のように決勝に残った。

出場している選手たちは一様に緊張し、真剣な面持ちだったが、二人の闘志に仲間たちも声をかけられない様子である。

決勝の前には少し休憩が取られていて、龍一は水を飲み、汗を拭いて座っていた。

応援席の玲史は龍一と目が合って、さすがの龍一も高岡との試合を前にひどく緊張しているのが分かる。

高岡と戦うために、練習を重ねてきたのである。

緊張と高揚、喜びや不安…いろいろな感情に襲われているようだった。

剣道部で陣取った応援席の一番前に座らせてもらっていた玲史は、身を乗り出して龍一に声をかける。

「龍一さんなら、大丈夫ですよ。すごくたくさん練習したんだから、絶対に勝てます。がんばって」

握り拳を作ってブンブン振ると、龍一の顔に笑みが広がる。

「そんなに身を乗り出すと、落ちるぞ」

運動神経にはあまり自信のない玲史は、笑いながらの言葉に慌てて後ろに下がった。

怖いようなピリピリとした気配が消えた龍一に、剣道部の部員たちも声をかける。

「佐木、がんばれよ～」

「あと一人で優勝ですね」

「先輩、格好いい～」

「さすが、剣道の王子様ですぅ」

例のサイトが龍一にバレたことは部員たちも知っていて、今はからかいのネタになっている。

もっとも女子部員の中には、これでおおっぴらに話題にできると喜んでいるものもいそうだった。

彼女たちはマメにサイトをチェックしていて、行き過ぎているときには教えてくれたから、龍一としても感謝していた。

それでもやはり王子様呼びは嫌なようで、顔をしかめて「王子様はやめろ」と文句を言う。笑いが漏れ、決勝前とは思えない和やかな雰囲気となった。

「さて、そろそろ集中する。みんな、ありがとうな」

龍一は笑って礼を言い、チラリと玲史を見た。

「――――」

「――――」

交わった目と目で、互いの想いを確認する。

玲史が小さく、「龍一さんなら、大丈夫。信じてます」と言うと、龍一はコクリと頷いて会場の隅に移動する。

ピシリと背筋を伸ばして正座をし、目を瞑って精神統一を図っているようだ。

一瞬にして、龍一の気配が変わったのが分かる。周囲の音を遮断して、自分の世界に入り込んでいた。

「先輩、勝てるかなー。相手はあの高岡さんだからな。一年のときからずっと負けてないだろ」

「恐ろしく強いよなー」

高岡は現在、大学剣道における絶対王者だ。連勝を重ねているだけでなく、ほとんどの選手がまともに打ち合えないのである。

高岡の体捌きには定評があり、思いきって踏み込むと目にも留まらない速さで竹刀を振るわれ、一本を取られている。

唯一善戦できていたのは龍一だが、それでも常に僅差で敗れていたのである。

もっとも龍一に言わせると、傍目には僅差に見えても実際は違うという。曾祖父という師を失ってから龍一にとって剣道は趣味となり、拮抗《きっこう》していた力は大きく引き離されたとのことだった。

そう簡単に埋まる差ではないが、龍一にはもともとの基盤がある。

より速く、鋭く竹刀を振るための筋力作りをし、歴戦の猛者たちに扱かれることで錆びつきかけていた戦いの感覚を取り戻した。

全体的に引き締まったのに体は厚みを増し、しっかりとした筋肉が全身を覆っている。

剣道漬けになると言ったのは本当で、玲史は一緒に寝ているときに、龍一が夢の中でも剣道をしていたのに気がついた。

龍一はここに至るまでに、できるすべての努力をしてきている。しかしそれは高岡も同じだろうから、玲史には祈るしかできなかった。

集中している龍一に大会関係者が声をかけ、龍一がノソリと立ち上がる。

表情のない顔で淡々と防具を身につけ、竹刀を持って、決勝戦へと向かった。

「龍一さん…すごくいい顔してる……」

思わず漏れた玲史の呟きを、隣に座っていた丸川が聞きつける。

「えっ、そうか？　なんか、ぼんやりとしてるみたいに見えたけど」

「ああ、俺にもそう見えた。……疲れが出て、集中が切れたとかじゃないよな？」

二人の言葉に、玲史は首を横に振る。

「違うと思う。逆に、集中しすぎてぼんやりしてるように見えるんじゃないかな。周りをシャットアウトしてるみたいだから」

「あ、そっちか。じゃあ、あの状態はいいのか？」

「ボクは、そう思うけど。肩から力が抜けて…でも、ほどよく緊張してるみたいだし……。高岡さんとの試合のことしか頭にない感じだ」

「いわゆる、ゾーンに入ってるってやつなのかな？　ということは、相手が王者とはいえ、大いに期待できるかも。楽しみだな」

龍一と高岡が竹刀を構えて対峙すると、互いへの応援で会場がワッと盛り上がった。

どちらにとっても、待ち望んだ対戦だ。

龍一は最初から高岡だけをターゲットにしていたし、高岡のほうも龍一の試合を一回戦からずっと観戦していた。

いつも冷静で、相手を気にするのではなく、自分の腕を磨くことに邁進すると発言している高岡が誰かを意識するのは珍しい。

一年のときから勝ち続けている高岡と、その華やかな容姿と実力とで注目を集めている龍一なので、余計に目についたようだ。

剣道に詳しい人間なら、龍一と高岡が子供の頃からのライバル関係で、中学・高校と高岡が負けたのは龍一だけなことも知っていた。

「――」

「――」

対峙したまま動こうとしない二人の間には、ビリビリと空気を揺らすような緊迫感が漂っている。

声援で賑やかだった会場が、いつしか二人に呑まれて静まり返る。

ミーハー心で見にきた龍一のファンにもそれは伝わるのか、ずっと黄色い声援を送ってきた女の子たちでさえ静かになっていた。

息が詰まるような時間のあと、高岡が動き出す。

胴を狙って打ち込んだそれは龍一によって防がれ、それがきっかけとなって激しい打ち合いになった。

ビシッ、バシッという音が響く。

静かな会場には二人が立てる音だけしかなくなり、その動きがあまりにも速すぎて、剣先が届いているのかどうか素人にはとても見極められない。

玲史は目を凝らして龍一の動きだけを追い、鋭く振り上げた竹刀の切っ先が高岡を捕らえたのを見た。

「面、一本!」

審判の声に、会場がワッと爆発的な歓声を上げる。

「すごい、すごい! 龍一さん、すごい!」

「マジかー? 高岡さんの無敗記録が途切れたぞ。佐木先輩、すげえ」

「格好いいなー」

「佐木様――っ!」

「リュウちゃ〜ん」

手が痛くなるほど拍手をしながら、口々に賞賛する。

一礼し、自分の場所に戻った龍一は面を取り、大きく息を吐き出している。短い時間ではあるが激しく動き回ったから、呼吸はとても荒く、苦しそうなものだった。

けれど、すがすがしい表情をしている。

勝ったからではなく、心地よく集中できたのが楽しかったのだろうと玲史は思った。

これまでに見たことがない満足そうな表情に、龍一は本当に剣道が好きなのだと分かった。

会場の人々は、素晴らしい戦いを繰り広げた二人に惜しみない拍手を降り注いでる。

特にファンの子たちは狂喜乱舞で、大変な騒ぎだった。面を取った龍一にあちこちからカメラが向けられ、撮られ放題である。中には大きな望遠レンズを使っている子もいて、ファンサイトに新たな写真が大量に増えそうな感じだ。

高岡が龍一に近づき、会話をかわしている。負けたにもかかわらず高岡はどこか嬉しそうで、力強い握手を交わした。

興奮が冷めやらぬうちに表彰式が始まり、龍一は金色のメダルを受け取った。

ほどなくしてインタビューが始まり、お決まりの質問に龍一はそつなく当たり障りのない応答をする。

こうした際の対応には慣れていて、実に冷静なものだった。

よそいきな龍一の表情が、「誰に一番に優勝を伝えたいですか」という質問で変わる。

龍一は少し考えたあと、道着の内側から玲史が渡したお守りを出して言った。

「これをくれた恋人に。練習に没頭する間、ずっと支え、応援してくれました」

その言葉に、ファンの子たちから悲鳴が上がった。

「いや――っ‼」

「恋人⁉　誰？」

「王子に恋人って、ただの噂じゃなかったの⁉」

「まさか、あいつのこと⁉」

「絶対に嫌！　あいつだけはやめてっ。龍一様～」

「王子～」

とんでもない大騒ぎの中、インタビューは進む。

「女性たちの悲鳴がすごいですが、ここは聞いておかないと。——大切な方がいらっしゃるんですね」

「ええ。とても大切で、とても愛している恋人です」

そう言って龍一はこれ以上ないほど優しい笑みを浮かべ、応援席にいる玲史を見つめる。

甘い表情と、愛おしいものを見る、とろけるような目。

それは露骨なほど愛情を込めたもので、今まで龍一が一度たりとも外に出したことのない表情だった。

二人きりのとき…玲史にだけ向ける表情なのである。

「——」

目と目が合って、玲史は胸が熱くなる。

こんなに人の多い、しかも龍一に注目が集まっている場所で…と思うが、龍一とは距離があるから誰を見つめているのか傍目には分からないに違いない。

だから玲史はビクビクすることなく龍一をジッと見つめ返した。

お守りを大切にしてもらえ、恋人だと言われ、大切だと言ってもらえる。

アメリカ人を父に持つせいか龍一は普段から言葉を惜しまないが、それでも周囲に対してこんなふうに宣言してくれるのは嬉しかった。

そう、嬉しくて、胸が熱くて……。

玲史は自己顕示欲が乏しいほうだし、恋愛においてもひっそりと愛を育みたい性質《たち》だが、それでも今は龍一のことが好きだと…龍一の恋人は自分だと大きな声で言いたかった。

距離があるから誰を見たかの特定はできなくても、絵里がいる方向ではないと誰の目にも明白だった。

その範囲内にいた女性たちの嬉しそうな歓声と、範囲外の女性たちの怨嗟《えんさ》と喜びが入り混じった言葉とが重なる。

「私⁉　こっちのほうを見たわ」

「私よっ！　王子は絶対に私を見てたわ‼」

龍一は「恋人」と言ったのだから玲史以外は関係ないと思うのだが、嬉しい錯覚に陥っているらしい。

「やった！　あいつじゃないわ」

「やっぱり、Ｋが勝手に言ってるだけだったのよ。王子はずっと否定してたって言うしね」

龍一のファンサイトで悪名高い絵里は、たいてい「あいつ」か、名字の叶井から取った「Ｋ」で呼ばれていた。

ファンの声を書き込む掲示板でも、「Kのやつ、またまとわりついてた」とか、「マネージャーに追い返された。いい気味。理系メガネのNさん、素敵」などと、今では三分の一が絵里への文句や悪口で埋まっている。

絵里が声高に龍一の両親や祖父母からも可愛がられている、元カノといった類のことを口にするから、反感はすごいものがあった。

だからこそ彼女たちは、龍一に恋人がいることよりも、それが絵里でなかったほうを喜んだのである。

ここぞとばかり絵里をバカにするが、ショックを受けた絵里の耳には届いていないようだった。

蒼白な顔で、ワナワナと唇を震わせている。

龍一が何度も自分には恋人がいるから、誤解をさせるような真似をするなと言ってきたのに、まるで信じなかったのがウソのようである。

龍一が初めて表に出した恋人に向ける甘い表情と、玲史に向けた熱く燃える瞳が絵里に真実なのだと理解させたらしい。

閉会式のあと、観客席にいる部員たちのところにやってきた龍一は、口々におめでとうと祝福された。

剣道では強豪といえない大学なので、全国大会での優勝者が出たのは初めてのことだった。

「やったな、佐木！」

「すごすぎるぜっ。まさか高岡さんに勝てるなんてな～」

「先輩、格好よすぎです。オレ、うっかり惚れちゃいそうでしたよ～」

丸川がわざとらしくクネクネしながら言うと、龍一は笑ってシッシッと追い払う仕草をする。

「うっかりするなよ。迷惑だから」

「そうよ～、丸川。恋人がいなくたって、あんたからの愛は迷惑でしかないわ。……で、先輩、恋人って誰なんですか？　紹介してくださいよ」

「内緒だ。バレると、かわいそうな目に遭わせそうだからな」

「確かにな……」

「佐木のファンの子たちは怖いからなぁ。みんな可愛いのに、もったいない」

「般若か鬼女かって感じだもんな。バレるのは絶対にまずいって」

「そうだな。みんな、余計な詮索はするなよ。気がついたことがあっても、見て見ないふりをしてやれ」

「はいっ」

「はーい」

ハードな夏合宿と大会を経験したことで、部員たちの仲間意識は強固なものになっている。部長の言葉に素直に同意した。

龍一を中心に和気藹々としていると、耳に慣れた声が聞こえる。

「リュウちゃん！」

大きな声で呼ばれてそちらを見てみれば、今にも泣きそうで…だが、怒ってもいるらしい絵里がいた。

龍一はうんざりとした溜め息を漏らし、絵里に近づく。

「さっきのあれ、どういうこと？　恋人って…ウソなんでしょう？　ウソって言って」

「……こんなところでする話じゃない。ついてこい」

今の龍一は注目の的であり、女性と揉めている様子に周囲は興味津々である。

思いっきり聞き耳を立てているのが分かるから、龍一は絵里を伴って人混みから離れようとする。

二人の後ろ姿を見送っていた内田が、眉を寄せて言う。

「あの子と二人っきりになるのって、どうなんだ？　先輩、前にも冤罪で、襲われた、訴えられたくなかったら自分と付き合えって迫られたことあったよな」

「あった、あった。幸い、先輩にしっかりしたアリバイがあったからよかったけど…二人きりはまずいよな。かといって、プライベートにズカズカ踏み込むのも……」

「そうだ。野間、お前がついていけよ。俺たちの中で、一番先輩のプライベートに詳しいのはお前だからな。先輩が冤罪事件に巻き込まれないよう、証人になれ」

「いや、立場的に証人としては弱いかもしれないぞ。先輩のために偽証してると思われる可能性がある。完全な第三者じゃないからな」

「ああ、そうか。じゃあ、カメラだ。ムービーで撮っておいて、問題がなければ消せばいいだろ。普通ならこんなことしないけど、先輩の場合、前例があるからな。あのときは高校も巻き込んで、大騒ぎになったっけ。自衛は重要だと学んだよ」

「そうだな。二人きりのところで服を破いて悲鳴を上げられたら、冤罪だって説明のしようがなくなる。野間、行け！　急いで追いかけろ」

「う、うん」

カメラを渡された玲史は、反射的にそれを受け取った。

二人の勢いに押されるまま走って追いかけ、すぐに龍一の後ろ姿を見つけ、跡を追う。

武道館の敷地は広い。龍一が駅とは違うほうの道を歩いていくと、人の姿はグンと減っていった。

玲史と同じように龍一の跡を追いかけている女の子たちもいたのだが、剣道部員たちが邪魔をさせないためにうまく話しかけて排除していた。

奥のほうに行くといよいよ人影はなくなり、部員たちももう大丈夫と見てかいなくなる。

物陰に絵里を連れていった龍一が、キョロリと周りを見回したことで玲史と目が合う。

玲史がカメラを振って見せると、龍一は苦笑して小さく頷いた。

どうやら玲史がなぜついてきたか分かってもらえたようである。

玲史はホッとしながらカメラを起動し、ムービーにして二人の姿を撮影し始めた。

「さて、と。いい加減、決着をつけるぞ」

「決着って、何？　リュウちゃん、さっきのあれ…どういうこと？」

龍一が、絵里とは違う方向に向けた愛情表現が、きっちりと効いているらしい。今の絵里は、今までと違っていた。

さすがに自分に都合よく変換することができなかったのか、激しく動揺していたのである。

これをチャンスと見た龍一は、最後通牒《つうちょう》を下すべく言う。

「どういうも何も、そのままだ。俺は好きでたまらない恋人にお守りをもらって、それを支えにがんばって優勝した。普通だろう？」

「お守りって……」

「ああ、これだ。剣の神でも有名な神社ので、わざわざ半日がかりで行ってきてくれたらしい。遠いのにな」

お守りを見つめる龍一の眼差しが優しくなり、それが絵里にダメージを与える。

「でも、でも、リュウちゃんは私と……」

「何度も何度も言ってきたが、俺には恋人がいるし、それはお前じゃない。恋人が誤解すると困ると、うんざりするほど言ったはずだ」

その言葉に、絵里はポロポロと涙を零す。

「どうして？　私のことが好きなんじゃなかったの？」

「俺が一度でも、絵里に好きだと言ったことがあるか？　小さな頃から知っているし、懐くのが可愛くなかったわけじゃないが…恋愛の対象として見たことは一度もない」

「ひどい…たくさんいる女の子の中で、私だけ特別扱いだったのに。私にそう思わせたのは、リュウちゃんじゃないっ」

「それこそ、祖父母の関係で、小さい頃からの知り合いだったからだ。お前は何かというと祖母を仲介役にして、俺に絡んできたしな。祖母に仲良くしてあげてと言われたら、嫌だとは言えないのが分かっていたんだろう？」

「それは…お祖母様たちも、私たちが仲良くするのを喜んでくれたし……。お互いの孫が結婚して、親戚になれたら嬉しいって言ってたから……」

「俺にその気はないと、祖父母たちにも言ってある。絵里のことは、恋愛相手として見られないとな。俺は一度も絵里を恋人扱いしたことはないし、元カノだと言いふらされるのは迷惑だ。今後も絵里を恋愛対象として見ることは絶対にないから、まとわりつかないでくれ」

「ひ、ひどい……っ！」

絵里は怒りのまま腕を振り上げ、思いっきり龍一の頬を叩く。

「最低！　バカッ‼」

踵を返し、龍一を罵《ののし》りながら走り去った。

「――――」

完全に絵里の姿が見えなくなったところで玲史は我に返り、慌ててカメラのスイッチを切って龍一に駆け寄る。

絵里に打たれた頬は赤くなっていて、思わず顔をしかめてしまった。

ソッと触れてみれば、熱を持っている。女の子とはいえ、思いっきり平手打ちをされたのだから当然だった。

「痛そう……」

「そんなに力があるわけじゃないし、大したことはない。これでもう諦めてくれるなら、安いもんだ」

「諦めて…くれるでしょうか？」

「さすがに、理解したみたいだからな。プライドを傷つけられて怒ってもいたし、大丈夫だろう。俺が公の場で恋人の存在を言った以上、今までのような発言をすれば笑いものになるのは本人にも分かっているはずだ」

自分の思い込みで強気に出られていたときとは違う。

これからも以前のような発言を繰り返せば、龍一のファンの子たちから容赦のない嘲笑が浴びせられるはずだ。

それでなくても今日のファンサイトは、龍一の優勝とインタビューでの恋人がいる発言、絵里の悪口で大いに賑わいそうである。

龍一は以前にも絵里に向かって恋人がいると言っていたが、絵里は周りの女の子たちを牽制するためだと思ったし、ファンたちは絵里に諦めさせるためだと思った。

双方とも龍一に恋人がいるとは信じたくなかったので、自分たちに都合のいい解釈をしたわけだ。

けれど今回、龍一は全国大会での優勝インタビューで、恋人に感謝の言葉を捧げた。

それに、ウソや演技とはとても思えない、甘くとろけるような表情も見せつけたのである。

さすがにもう誰も恋人の存在を疑わないだろうから、絵里が龍一にまとわりつくのは厳しい状況だった。

これでもう絵里を見なくてもすむかもしれないと胸を撫で下ろした玲史は、改めて龍一にお祝いを言う。

「龍一さん、優勝おめでとうございます。すごく格好よかった」

「ありがとう。玲史のおかげで、試合に集中できた」

「インタビューも…ファンの人たちによる恋人探しが始まりそうで怖いですけど…でも、すごく嬉しかったです」

「嫌じゃなかったか？」

「本当に嬉しかったですよ。だってあれ、ボクのために言ってくれたんでしょう？　龍一さんが絵里さんのことを相手にしてないって分かっていても、やっぱり、あんまりいい気持ちはしなかったから……」

だから嬉しかったと、龍一は感謝を込めて見つめる。

試合の感動と龍一のインタビューとで、少しばかり目が潤《うる》んでいたかもしれない。

「……まずいな…キスしたい」

龍一がそう呟くと、玲史も思わず爪先立ちしてしまいそうになる。高揚した気持ちのまま、龍一にキスしたくてたまらなかった。

けれどあいにくとここは外で、物陰とはいえ誰かが来ないとは限らない。龍一を探して回っているファンの子たちだっていそうだった。

龍一は大きな溜め息を漏らして呟く。

「今日は疲れているからと言って、帰らせてもらおう。早く玲史と二人きりになりたい」

「いいんですか？　祝勝会とかあるんじゃないかな……」

「疲れているのは本当だから、後日にしてもらう。さすがに、高岡さんとの試合はきつい……。まだ雑誌のインタビューやら何やら、いろいろやらなきゃいけないこともあるしな。いつ解放してもらえるか分からないんだ」

「それじゃ、部長にそう伝えますね。ボクは先に家に戻って、食事を作っておきます。何が食べたいですか？」

「そうだな～。腹に溜まりそうなもので、ガッツリ肉系がいい」

「はい」

入賞すると剣道雑誌向けのインタビューがあるし、優勝となれば時間も長く、他の媒体でもインタビューされたりする。

部員たちの輪に戻った玲史は、龍一はすぐには帰れない旨を告げ、この日はそれぞれ帰宅することになった。

冷めやらぬ興奮のまま居酒屋に突入する組、ファミレスでお喋りする組と、好き好きだ。

内田たちはファミレスに行くことになり、会場で分かれた。

一人になって電車に揺られている玲史から、試合の高揚が消えない。

頭の中は龍一の勇姿で埋められていて、何度も反芻《はんすう》しては格好よかったな～とうっとりしてしまった。

フワフワした気持ちで家に戻ると、母がいた。

「お帰り。龍一くん、どうだった？」

「優勝したよー。すごかった。決勝は、一年生のときからずっと優勝してる人で、絶対王者って言われてるんだ。そんな人に、一本勝ちだよ」

「あら、すごい。おめでたいじゃない。お祝いしなきゃ」

「インタビューやらあって、今日は疲れて帰ってくるんじゃないかな？　ガッツリ肉が食べたいって言ってたから、ステーキでも焼いてあげようかと思って」

「それなら、明日か明後日にでもお祝いしましょうね。お父さんも喜ぶわ。今日も、あっちに泊まるの？」

「うん、そうするつもり。ビデオチェックもしたいし」

「分かったわ。お父さんが帰ってきたら、久しぶりに二人で居酒屋にでも行くから、こっちは気にしなくていいわよ」

「分かった～」

玲史は荷物を自分の部屋に置いて、隣の龍一の部屋へと移動した。

龍一の部屋の冷凍庫の中には、祖母から送られてきた高級和牛が入っている。可愛い孫の一人暮らしを心配し、いろいろと送ってきているのだ。

龍一が料理をするようになってからは尚更で、頻繁にあちこちの地方の有名食材が届くようになっていた。

「そうそう手が出ない、松坂牛のサーロインステーキ。焼くなら今日しかないよね。ご飯を炊いて、付け合わせを作って…スープは野菜たっぷりのブイヨンでいいか……」

肉だけでなく野菜もしっかり摂ってほしいし…と、玲史は準備を始める。

スマホはズボンのポケットに入れて、いつ連絡が来ても分かるようにした。

「ああ、そうだ…お風呂の用意をしておかないと。ご飯前に、まずはお風呂だよね」

試合を見たときの興奮が消えなくて、どうにも浮き足立ってしまっている。玲史はいつまでも落ち着かない気持ちのまま、ワタワタと動き回った。

野菜を切ってスープを作り、付け合わせなどは温かいものを食べてほしいから、最後に少し火を入れれば完成のところでやめておく。

その間に龍一からメールが入っていて、ようやく解放されて電車に乗り込んだとのことだった。

そろそろ帰ってくる頃だと思うと、ソワソワして座っていられない。一応、テレビをつけて見ていたのだが、気がつくと立ち上がって歩き回っていた。

意識は常に玄関のほうに向いている。だから、鍵を開ける音だけで龍一が帰ってきたのに気がついた。

玲史は急いで玄関に向かい、入ってきた龍一に駆け寄る。

「お帰りなさいっ」

「ただいま」

防具や竹刀などの荷物を置いて、龍一は玲史を抱きしめてくれた。

すぐに顎が持ち上げられ、唇が重なる。

「――」

龍一も試合で高揚したままなのか、いきなり舌が入り込んでくる深いキスだ。

玲史のほうもずっと龍一とキスがしたかったので、積極的に応えようとした。

熱い舌が歯列の付け根を舐め、玲史の舌を絡め取り、強く吸われると、ゾクリとした感覚が背筋を走る。

「んっ、ん……」

龍一とのキスに慣れ、鼻だけで呼吸をするのにも慣れてきているはずなのに、強烈すぎるそれに息が苦しくなってくる。

顔は火照《ほて》るし、その気になってくるしで、このままキスし続ければベッドに直行ということになってしまう。

何より、密着した龍一のものが、少し大きくなっていた。

「あ……」

それに気がつくと、カーッと体が熱くなる。腰のあたりがムズムズし、体の奥深い部分が濡れたような気がした。

本当に、このままベッドに直行したいと思ってしまう。

玲史はそれでもいいし、そのほうが嬉しいのだが、試合で疲れている龍一のためにはよくないことだ。

剣道漬けになった龍一との生活で、一番困ったのがこれだ。

龍一は構ってもらえなくなった玲史が愛想を尽かすのではないかと心配していたが、毎日顔を合わせ、ベッドもともにできる環境に文句はなかった。

それよりも、運動後の龍一のケアを優先することで、盛り上がった気分を静めなければいけないほうが問題だった。

道場で扱かれたあとの龍一は、すっかり鈍ってしまった自身の体と感覚とに凹《へこ》み、玲史に甘えてくることも多かったから、何度となく自制を利かせる必要があったのである。

今もその状況下にあり、玲史は危ういところで龍一の背中をトントンと叩いた。

「……なんだ？」

「お…お風呂…お風呂に、入らないと……」

「試合後に、ストレッチはしてきたぞ」

「でも…筋肉を解《ほぐ》したほうがいいんですよね？」

玲史もずっと龍一と一緒にいるから、そのあたりの知識は仕入れてある。

ハードな練習や試合のあとは、ストレッチと浴槽での入浴が効果的らしい。

本当はスポーツマッサージを受けるのがいいようだが、さすがにそこまではしていない。だからこそ家でのケアには気を遣っていて、龍一のほうがそれはよく分かっているはずなのに、玲史を抱きしめたまま離れようとしなかった。

「キスが足りない……」

「これ以上すると、お風呂どころじゃなくなっちゃうから……」

今だって、ギリギリのところを必死で我慢しているのだ。

本当はもっとキスしていたいし、裸になって龍一の体温を感じたい。

抱きしめあったまま、情熱に任せてベッドにもつれ込めたら幸せなのに…と思わずにはいられなかった。

くっついているとどうしても互いをまさぐり合ってしまうことになるから、龍一は渋々といった様子で離れる。

「……風呂、入ってくる」

「はい」

龍一は荷物の中から汗で汚れた道着を引っ張り出して、浴室へと向かった。

一人になった玲史はホッと吐息を漏らし、廊下の壁に凭れかかる。目を瞑り、熱くなりかけた体から熱を逃そうとした。

「なんだか…のぼせそう……」

恋人同士になってもう何ヵ月も経つのに、今更ながら龍一にドキドキしてしまう。

怖いような緊迫した戦いの中での龍一があまりにも格好よすぎて、どうにもうっとりしてしまうのだ。

気持ちを落ち着かせ、上がった熱を冷ますためにも、龍一が風呂に入ってくれたのはいいことかもしれない。

「て、照れる……」

恥ずかしくて、龍一の顔を直視できない気がする。

玲史は足元をふらつかせながらリビングに戻り、ソファーに腰を下ろして脚を抱えた。

顔はまだ赤いままである。

試合のときの、しなやかで獰猛な虎のような龍一の姿が目に焼きついている。

青味を増した目が強い光を放ち、全身に殺気にも似た闘志を身にまとった姿はゾクリとするほど美しかった。

あの人が自分の恋人なのだと思うと、それだけでうっとりするような幸福感が生まれ、同時にゾクゾクとして体が熱くなるのだ。

龍一が風呂から出てきたら食事をして、それから――……。

「ああ～ダメだ…なんか、もう、脳みそが沸騰する……」

ジッとしていると、ついつい思考が淫らな方向に向かってしまいがちである。

龍一の恋人になり、逞しい体に抱かれる喜びを知ってしまった今、試合を見た興奮はそのまま欲望へと直結してしまう。

十五歳から十八歳までの三年間、家でばかり過ごしていた玲史はかなり奥手なほうだったのに、いつのまにか変わっていた。

龍一に熱い眼差しで見つめられ、キスをされればすぐにその気になってしまう。

今だって、欲しくて欲しくてたまらないのを一生懸命我慢している状態なのである。

龍一のことを考えるとすぐに思考がそっちの方向にいってしまうから、玲史はブンブンと頭を振って気持ちを切り替えようとした。

「と、とりあえず、スープを温めておこう……」

料理の仕上げのほうは、龍一が風呂から出てきてからのほうがいい。髪を乾かす時間が必要だし、またストレッチをするかもしれない。

玲史はキッチンに戻って鍋を火にかけて弱火にし、テーブルにコップやカトラリーなどをセットした。

スープを掻き混ぜていると、龍一が風呂から出てくる。一応あたたまっては来たようだが、バスタオル一枚の姿で、髪はまだ濡れていた。

「………」

よくない姿だ。水も滴《したた》る…を地でいっているような容姿だし、ハードなトレーニングで一回り大きくなった体は引き締まっていて官能的だった。

チラリと見てしまった玲史は、慌てて目を逸らしてスープに集中しようとした。

「髪を乾かして、服、着てきてください……」

でないと、玲史が困る。いちゃつけるのは食事のあとなのだから、不用意なことはしないでほしいと思った。

玲史がひたすら前を見て固まっていると、近づいてきた龍一に後ろから抱きしめられ、火を止められる。

うなじにキスをされたかと思うと、フワリと体が宙に浮いた。

「り、龍一さん……？」

「もう限界だ」

そう言いながら歩き出した龍一が寝室に向かっているのに気づき、玲史は嬉しいのと困ったので複雑な表情をする。

「ご飯…食べないと……。それに髪が濡れたままだと、風邪ひいちゃいますよ」

「そんな軟弱じゃないから、大丈夫だ。それより今は、玲史が欲しい」

「………」

ストレートな言葉に玲史は真っ赤になる。

恥ずかしいが、嬉しい……。

玲史だって龍一に抱かれるのをずっと我慢してきたのだから、こんなふうに言われてはもう無理だと思った。

「ボ、ボクも…龍一さんが、欲しい……」

「食事は後回しだな。肉より、玲史を食うのが先だ」

「………」

玲史にも異論はなく、ギュッと抱き着くことで喜びを伝える。

龍一のベッドに降ろされるとすぐにうなじに吸いつかれ、唇が触れ、龍一の手が動き回って性急に服を剥ぎ取っていく。

力強いその手が竹刀を振っていたのを思い出すと、ゾクゾクとした快感が生まれた。

下着ごとズボンを脱がされ、龍一の剥き出しの肌を感じる。湯に浸かったせいか常よりずいぶんと高い体温に、玲史の体も熱くなった。

胸を吸われながらもっとも弱い花芯にユルユルとした愛撫をされ、玲史は腰を突きだしそうになるのをこらえてモゾモゾと膝を擦り合わせる。

ずっと焦がれていた感触に、すぐに反応してしまうのが恥ずかしかった。

形を確かめるように撫でているだけなのに、玲史の性器はどんどん大きくなってしまう。

「あ…んぅ……」

こうして裸の胸に抱かれていると、龍一の体に厚みが増しているのを如実に感じられる。

龍一がトレーニングを開始してからというもの、日々その体は変わってきている。どうやら今がベストなようで、ここ十日ばかり変わっていなかった。

とても固く、なだらかな隆起を描いている。

手のひらの下でその動きを感じるだけでも、体の奥が疼く。

もどかしいような気持ちで龍一の腰に腰を落ち着けると、龍一の腕がサイドテーブルに伸びて引き出しから潤滑剤を取り出した。

ジェル状のそれを指に載せ、玲史の双丘の狭間に塗りつける。

「んっ…冷た……」

思わず竦《すく》んでしまった体を宥《なだ》めるように乳首に吸いつかれ、濡れた蕾をやわやわと揉み込んでくる。

硬く閉じた入り口は柔らかく解され、やがて侵入を開始する。

「……んっ」

潤滑剤で濡れた指を、玲史の秘孔は積極的に受け入れようとする。

まだ一本でさえ異物感が大きいのに、盛り上がり、早く早くと焦れた気持ちがそのまま体にも反映していた。

肉襞が引き込むような動きを見せ、中を掻き回されると、内腿がビクビクと痙攣してしまう。感じる部分に指が触れるたび、ビクリと腰が跳ね上がった。

慣れたと見ると指が一本、また一本と増え、三本になったところでようやく龍一のものを受け入れ可能となる。

それだって、大きさに馴染まないうちには無理だった。

玲史を傷つけないために龍一の指は慎重に、執拗に秘孔を解す。

「……あぁ、ん……やぁ……い、達っ…ちゃう……」

この頃では後ろだけでも達けるようになってきている玲史なので、性器への愛撫を止めても油断できないときがある。

玲史の言葉で龍一が秘孔を好きに動き回っていた指を引き抜くと、それによって玲史の中に喪失感と期待感とが生まれる。

前戯は終わり、解されたそこで龍一のものを受け入れるのだ。

龍一に脚を抱えられた玲史は、自ら腰を上げて協力した。

熱くて大きなものが入り口に押し当てられ、ヒクリと蠢《うごめ》く。

膨らんだ先端がグッと押し入ってくると、玲史は反射的にとめそうになる息をゆっくりと吐き出した。

体から緊張を逃し、より楽に受け入れようとする。先端の太い部分さえ入ってしまえばあとはもうそれほど苦しくないのを知っていた。

本来なら、無理のある行為だ。

実際、二人の体格差が大きいせいもあって、すっかり慣れたはずの今でもすんなりとはいかない。

解さないでの挿入は無理だし、解してからでも入れるときだけは慎重にする必要がある。

本当なら欲望のまま一気に推し進めたいだろうに、龍一はいつでも玲史の体を気遣いながら挿入してくれた。

「あっ、あっ、あっ……」

グッグッと中を掻き分ける熱くて大きな塊に、食い破られそうな気がする。

灼熱の凶悪な肉棒を受け入れるのは、相手が龍一でなければありえない。そして龍一のものだと思うだけで愛おしく、もっとと誘い込もうとする。

そうなると根元まで受け入れるのは苦しくなくなり、ドクドクと脈打つ感覚まで感じ取れるようになる。

「は…ぁ……」

肉棒は熱くて、大きくて、玲史の中で存在を主張している。

玲史が完全に慣れるまで待っていてくれるのだが、先端が小刻みに動いて微妙な快感を生み出そうとした。

「……動いていいか？」

「はい……」

会場にいるときからお預けを食らっていたのは龍一も同じで、玲史が頷くや否や腰を動かし始めた。

「ひぁ…んぅ。あ、あ……」

龍一は突き上げながら上体を倒し、濃厚なキスをする。

立ち上がっている玲史の性器を腹で擦るように腰を揺すりつけてくるから、キスと性器への刺激、それに体内を穿《うが》たれる感覚に玲史は喘ぎ声を上げた。

行為前から熱くなっていた玲史の体は、少しの快感も逃すまいと貪欲になっている。龍一の激しさにもついていって、自らもより強い快感を得ようと腰を動かした。

「あっ…やぁ……んんっ、あ……」

濃厚なキスの合間に嬌声が漏れ、互いの欲望がどんどん高まっていく。

肉棒の先端が感じる部分を擦るたびにビクビクと痙攣し、違う角度で攻められると不意打ちに射精してしまいそうになる。

激しい行動と、奥を突かれる衝撃。

何度も何度も達きそうになった玲史は、最後に一段と深く激しく突き上げられてようやく解放された。

息が止まり、そしてドッと吐き出される。

弛緩《しかん》した体はシーツに沈み、ハァハァと大きく胸を喘がせた。

龍一の重みを感じて息が詰まりそうになると、龍一はゆっくり自身を引き抜いて玲史の隣に横になる。

ズルリと引き抜かれていく感触に一抹の寂しさを感じながら、玲史はホッと息を吐き出した。

大きく胸を喘がせ、荒くなった呼吸を落ち着かせようとする。

「は…あ……苦しい……」

「いつもよりがっついたからな」

「……」

ずっと抑えつけていた反動が出てしまった気がする。それに玲史も性急に求め、動いたから、まさしく二人ともがっついていたという感じだった。

「試合の興奮が冷めなかった…大丈夫か？」

「はい……。ボクも…がっついちゃったから…龍一さん、すごく、格好よかったです」

「惚れ直したか？」

「はいっ、それはもう」

玲史は勢いよく、コクコクと頷く。

「いつもの龍一さんじゃなくて…野生の虎みたいでした。綺麗で、怖くて、目が離せない…みたいな。本当に、すごくすごく格好良かったです」

思い出せばすぐに試合の興奮と感動が蘇ってきて、つい勢いこんでしまう。

それに龍一が高岡に勝って優勝しただけではなく、玲史にとっても忘れられない、感慨深い一幕があった。

「みんなの前で大切な人って言ってもらえて、嬉しかった……。ボクも、龍一さんはボクの恋人だって言いたかったです」

「それをしたら、大騒ぎだったな。玲史に何かあると嫌だから、俺の恋人は謎のままのほうがいいと思うぞ」

「そう…ですね。ちょっと、残念だけど……」

「好奇心の目で見られるだけならいいが、女どもがどう動くか分からないからな。暇な学生のうちは、恋だの愛だのうるさくてかなわん。社会人になれば落ち着くだろうから、カミングアウトするのもいいかもしれない」

「カミングアウト……」

「玲史が嫌でなければな。俺は、玲史にさえ実害がなければ、俺のものだって言って回りたいくらいなんだ。何しろ玲史は、厄介なやつに惚れ込まれるタイプだから」

「そんなことないと思いますけど」

「尾形の執着は？　三年もブランクがあったのに、玲史を見てすぐに粘着が再発したみたいじゃないか」

「あれは…尾形が変な人だからだと思います。あんなことしたの、尾形だけですし……」

「そうだといいんだけどな。玲史は綺麗な顔でおとなしい性格だから、付け込みやすそうに見えるんだよ。強引に迫れば、いけるんじゃないかと思われそうだ」

思い当たる節がある玲史としては、溜め息をつくしかない。

ナンパしてくる男――ごくまれに年上の女性もいるが――彼らはたいてい強引で、玲史の断りの言葉を聞き入れずにどこかに連れていこうとする。

強く断らなければＯＫとでも思っているようだから、玲史は誘われたらはっきりと断るようにしていた。

「俺は心が狭いからな。できることなら玲史を外に出したくないし、囲い込みたいと思っている。ずっと家に閉じ込めて、外に出るときは俺と一緒とかな」

「龍一さん……」

互いの生活がある以上、実際には無理だが、そんなふうに言われるのは嬉しい。

セリフ自体は聞きようによっては怖いもののような気がしたが、それを発するのが龍一なら喜びにしかならなかった。

玲史が頬を緩めて龍一の胸に凭れかかると、ぐぅぅ…と龍一の腹が鳴る。

「………」

「………」

二人は思わず顔を見合わせ、プッと笑った。

「やっぱり、ご飯抜きはダメですね」

「最中じゃなくてよかった…と思うしかないな。シャワーを浴びて、メシにしよう」

「はい。あとはお肉を焼いて、付け合わせに最後の火を入れるだけだから、すぐに食べられますよ」

「腹減った……」

龍一は勢いよく立ち上がると、裸で玲史を抱え上げる。

「メシを食ったら気がすむまでいちゃいちゃタイムだ。明日は休養日にするから、ゆっくりできるぞ」

「はい」

玲史は横抱きにされたまま上体を伸ばし、幸せな気持ちで何度もキスをしながら浴室へと向かった。

試合で優勝したときから龍一のスマホは鳴りっぱなしで、お祝い電話とメールで大変なことになっていた。

登録していないアドレスからのメールはブロックしているが、電話はそうはいかないので、龍一はキレて電源を落とした。

もっとも、家族や協力してもらった人には連絡を入れてからであるため、問題はない。

龍一が優勝したその日、二人はセックスをして、簡単にシャワーを浴びて、松阪牛に舌鼓を打ち、またセックスをして――。

シャワーを浴びている間も、料理をしている間も、ずっと触れ合い、互いをまさぐっていた気がする。

試合の興奮と高揚、それに優勝した喜びなどが絡み合って、二人ともうまく感情をセーブできなかった。

龍一は強い緊張と、体が酷使されて疲れ切っているはずなのに、気が高ぶっているからなかなか眠気が襲ってこないらしい。

結果、二人は真夜中になっても互いの体をまさぐり続け、眠りに就いたのはずいぶんと遅くなってからだった。

――どこかで電子音が鳴っている。

深い眠りに入っていた玲史は、それが自分のスマホの呼び出し音だと気がつくまで時間がかかってしまった。

「電話…取らないと……」

寝ぼけながら音のするほうに手を伸ばし、指先が布の塊に触れる。

そういえばズボンにスマホを入れたままだったと思い出し、ゴソゴソとポケットを探って取り出した。

電話は丸川からだ。

「……はい」

『野間？　お前、今、どこだ？　もうすぐ講義が始まるぞ』

「……はい？」

『なんだ、寝ぼけてんのか？』

「え……？　え？　あ…講義……ウソ！　今、何時⁉」

『九時五分前。いつも十分前には来てるお前が来ないから、電話してみたんだけど。思いっきり寝てたな』

そこでようやく玲史の頭がはっきりする。

慌ててベッドサイドの時計を見てみれば、確かにもう九時になるところだった。

「寝坊した！　そういえば昨日、アラームをかけた覚えがないような……。うわー…信じられない…どうしよう」

『疲れてたんだろ。先輩ががんばってたから、お前もいろいろフォローして大変だったもんな。どうせもう間に合わないんだし、今日はもう休んじゃえば？　ノートなら俺たちが取っておくからさ』

「え…でも……病気でもないのに……」

『いつもの時間に自然に起きられなかったってことは、体が疲れてるんだよ。そういうときは無理せず休むことも必要だぞ。予防医学ってやつだ。とにかくノートは大丈夫だから、おとなしく休んでおけよ。じゃあなー』

「………」

言うだけ言って通話を切った丸川に、玲史は困ってしまう。

どうやら隣で寝ていた龍一にも丸川の声は聞こえたようで、呆然としたままの玲史の腰を引き寄せながら言う。

「……丸川があぁ言ってくれたんなら、もう少し寝ておこう。昨日は、いろいろな意味で張りきりすぎた。さすがに体が休息を求めてる」

「でも、サボるなんて……二限からなら間に合うのに」

「玲史は真面目だなぁ。一日くらい大丈夫だって。丸川が言うとおり、俺たちには休息が必要だ。夏からずっとがんばってきたんだからな。……さ、寝るぞ」

「………」

スマホを取り上げられ、テーブルに置かれる。

それから玲史を腕の中に抱え込むと、頭の上から満足そうな吐息が漏れた。

「平日の朝に、好きなだけ朝寝坊できるっていうのは最高だな」

「……龍一さんは今日、二限からですよね？　間に合いますよ」

「つれないことを言うな。もちろん、俺も休むさ。優勝のご褒美だ。たっぷり寝て、メシを食って、溜まりまくってる録画を見る。今日はランニングもなしで、一日中ゴロゴロするぞ」

龍一は張り切り、鼻息が荒い。

そしてその宣言どおり、その日は二人とも一歩も外に出なかった。昼過ぎまで眠って、冷蔵庫にあるもので料理をすることにしたのである。

昼食は、龍一製作による炒飯《チャーハン》である。深まるタイプの龍一が買ってきた鉄鍋なので、重くて玲史には扱うことができない。

しかもＩＨ用のそれに不満があるようで、電気じゃなく火力の強いガス台が欲しいと呟いていた。

その横で玲史は卵スープを作り、サラダをこしらえる。

「そろそろサラダも、温野菜に切り替えたほうがいいですか？」

「体のためにはそのほうがいいんだろうが、生野菜も食いたいよなー。日替わりでいいんじゃないか？」

「はい。うちの母は、冬になると生野菜はほとんど食べなくなるんですよ。トマトくらいかな？　体が冷えるから嫌なんだそうです」

「へー。女性は冷え性が多いっていうから、それでか？」

「かもしれないですね。真冬になると、全身モコモコで出かけます」

「女は大変だなぁ。……さて、できたぞ。食おう」

「はい」

二人はダイニングではなくリビングのほうに料理を運び、ソファーで食べることにする。テレビをつけてニュースチャンネルに合わせ、流し見しながらの昼食となった。

「うーん、美味しい。龍一さんの炒飯、大好きです」

「やっぱり素人は、米に卵を絡めてから炒めたほうがうまくできるよなー。プロの料理人みたいに、ササッと格好よく作ってみたいとは思うんだが」

「あれは、プロ用の強い火力があるからできるんじゃないですか？　ＩＨだと鍋も振れないし、難しい気がするなぁ」

「そうなんだよ。このマンションで、唯一の不満がＩＨなことだ。火事の心配がないから、その点ではいいんだけどな」

「龍一さんの家は、ガスですか?」

「いや、うちもＩＨに変えた。古い木造建築だから、火事になると困るんだよ。あっという間に燃え広がる」

玲史は物心ついたときからずっとマンション住まいだから、一軒家にはちょっと憧れを持っている。

「いいなー…庭付き一軒家。でも昔ながらの木造建築って、冬はすごく寒いって聞いたことあるんですけど」

「慣れていたから気にならなかったけど、こうしてマンションに住んでみると、確かに寒かったなー…っていう気がする。あちこちから隙間風が入ってくるからな」

「やっぱり寒いんだ……」

寒いのが苦手な玲史には、つらいかもしれない。暑がりな龍一とは体感温度が違うようだし、やっぱりマンション住まいのほうがよさそうだと思った。

「オコタはあるんですか?」

「もちろん。居間の主役だ。そこでメシを食って、テレビを見て、ゴロゴロする。うちは父親の体に合わせた特注品だからな」

「へー」

「あれは最高に気持ちのいい、魔性の家具だぞ。気持ちよすぎて、うっかり寝ないようにするのが大変なんだ」

「へー」

ハーフで王子様な見た目の龍一が、コタツについて力説するのが面白い。

どうやらこの部屋にも導入したい気持ちはあるようだが、それをすると動かなくなるので我慢するつもりらしい。

意外と子供っぽいところのある龍一が、とても可愛い。

こんな龍一は自分しか知らないのだと思うと、嬉しくて、愛おしくて、たまらなかった。

ニコニコしながら龍一の話を聞いて、昼食を平らげる。

「あー、美味しかった」

玲史が満足してソファーに凭れかかるが、龍一にはまだ甘いものが必要らしい。

「アイス食おう、アイス。玲史は何がいい？」

「うーん…チョコ最中、半分だけ食べたいです」

「じゃあ、もう半分は俺が食う。あとは…ストロベリーにしとくか」

龍一は上機嫌で食器を片付け、自分のぶんのアイスクリームを皿に盛る。それから半分に割ったチョコ最中を玲史にくれた。

「甘い…冷たい…美味しい……」

陽が燦々《さんさん》と差し込むリビングで、まったりしながら食べるアイスは美味しい。

龍一はアイスに齧《かじ》りつきながら、DVDのリモコンを操作した。

「海外ドラマの新シリーズ、一気見だ。早送りで見ていいか？」

「どうぞ」

「それじゃ、早速。明るいと今一つ気分が盛り上がらないけどな……」

「……」

龍一の好きな海外ドラマはゾンビものだから、暗いほうが楽しく見られるのは理解できる。昼間は外の気配がザワついていて落ち着かないし、どうにも怖さが半減するから、本当は夜のほうが集中して見られるのだ。

龍一に付き合ってシーズンの1から見てきた玲史も、その面白さは知っている。見ながら、こんな世界じゃなくてよかったと胸を撫で下ろすのだ。

アイスを食べ終わった玲史は、甘えたくなって龍一に凭れかかる。

すると龍一は、ソファーの端に寄って玲史を横にならせ、膝枕をしてくれた。

「腹いっぱいで、また少し眠くなってるんじゃないか？　そういう顔をしてるぞ」

「たくさん寝たのに……」

「俺がピリピリしてたから、気疲れしたんだろう？　せっかく休むって決めたんだ。心ゆくまでだらけよう」

「はい……」

夏から目標としていた試合が終わり、高岡に勝利し…龍一からはピリピリとした緊張感が消えている。

本気で剣道に打ち込むためにトレーニングを始めてからずっと、龍一にまとわりついていた切迫感も綺麗になくなっている。

高岡との戦いはまた来年もあるが、それでも今はようやく大荷物を降ろせた、休息のときだった。

試合の一週間前からは切迫感はひどくなっているし、緊張と闘志とで気が立っていたから、側にいた玲史としても落ち着かないことこのうえない。

だから龍一の気配が以前の穏やかなものに戻り、ホッとしていた。

自分でも分かっていなかったが、玲史も緊張状態がずっと続いていたらしい。試合が終わった今、心も体も弛緩して、なんだか霞がかかっているような感じだった。

龍一に膝枕をしてもらって、頭を撫でられるのが気持ちいい。

テレビではキャストたちがゾンビに追いかけられて大変そうだが、玲史には穏やかでのんびりとした時間である。

肘掛けに置いてあった昼寝用のブランケットを体にかけられると、のどかすぎてトロトロとした眠気がやってくる。

龍一の手が髪を梳き、うなじに触れ、ブランケットに包まれた肩を撫でる。

(気持ちいい……)

その触れ方に性的なものはなく、労《いたわ》るような…慈しむような動きだった。

龍一の手から愛情が伝わってくる。

玲史はうっとりとその気配に浸り、口元に笑みを浮かべながら眠りの世界へと入っていった。


眠っていたのは、二時間ほどだ。

まだまだ陽は高く、テレビの中では相変わらずゾンビが動き回っている。

玲史はムクリと起き上がって伸びをした。

「んー…気持ちよかった……」

「起きたか。ニコニコしながら寝てたぞ」

「気持ちいいなーと思って眠ってたから。夜、ちゃんと眠るより、昼寝のほうが気持ちいいんですよねー」

「夜の睡眠は生命活動に必要な行為で、昼寝は必要のない贅沢だからじゃないか？　たまの贅沢は嬉しいもんだ」

「あー…なるほど。それでいったら、今日自体がすごい贅沢ですよね。平日なのに大学をサボって、暖かな室内で二人でヌクヌクして……」

玲史は龍一の胸に凭れかかり、髪を撫でる優しい感触にうっとりしながら言う。

「本当に、すごい贅沢…戦ってる龍一さんも格好いいけど、ボクはやっぱり家でまったりしてる龍一さんがいいな……」

「そうなのか？」

「剣道をしているときの龍一さんは、みんなのものだから……。女の子たち、キャーキャー言ってるし。……家の中に閉じ込めたいっていう気持ち、ちょっと分かりました」

要は、嫉妬だ。誰にも見せたくない、他の誰かに視線を向けてほしくないという、恋人に対する独占欲だった。

自分にはそういった感情が少ないのでは…と思っていた玲史は、思いがけず激しいものを抱えているのに気がついて驚いてしまった。

「龍一さんが、モテすぎるのが悪いと思う……」

それが理不尽な責めだと分かっていても、言わずにはいられない。やはり絵里のことが、玲史の中の強い感情を掻きたてていた。

「龍一さんが龍一さんだから好きなんだけど…でも、もうちょっと地味ならいいのに……。どうしてそんなにハンサムで格好いいんですか？　王子様呼びなんて普通はイタいだけなのに、似合ってるし……」

玲史の愚痴にもならない愚痴に、龍一はクックッと笑う。

「褒められてるのか、俺は？　なんだか微妙な気持ちになるな」

「ボクも、心が狭いんです。龍一さんを誰にも見せたくない」

「それは嬉しいな。俺だけがそう思ってるんじゃないと分かるのは、気分がいい。俺だけが熱愛してるわけじゃないということだからな」

「龍一さんよりボクのほうが、たくさん好きだと思うな……」

「いや、俺のほうがたくさんだ」

「えー、ボクですよ。龍一さんはモテモテだから、やきもきして大変です」

「いやいや、俺だって玲史に目をつけた連中を追い払うのが大変なんだぞ。危うい目つきの連中は片っ端から睨みつけてるし、内田たちもマメに排除してくれているらしい」

「えー？」

それは初耳だと、玲史は驚く。尾形の件が片付いてからというもの、玲史の周りは平穏な日々が続いているのである。

「龍一さんが？　内田と丸川も？」

「そうだ。怪しい連中は、芽のうちに摘んでおくにかぎる。可愛くて綺麗な恋人を持つと大変なんだぞ」

「うーん……？」

玲史は龍一に口論で勝てた試しがない。いつも途中で龍一に言いくるめられてしまうのだ。だから、どっちがより愛しているかという惚気にしか思えない痴話喧嘩も、いつもどおり龍一に軍配が上がった形で終結してしまう。

首を捻り、なんだか納得がいかないながら、熱愛されているならいいか…と幸せに浸る玲史だった。

★★★

火曜日からいつもどおり大学に通い始めたが、龍一はマンションを出たところからすでに待ち伏せをされている状態だった。

おめでとうございますと声をかけられ、プレゼントを渡されそうになったりもする。

待ち伏せされたことに目をつり上げた龍一だが、協会から釘を刺されているので邪険な態度を取るわけにはいかない。

プレゼントは拒否したものの、挨拶には挨拶で返し、おめでとうと言われればありがとうと答えていた。

さすがに王子呼びをされたときは無視だが、それ以外はきちんと返事をしていたのである。

大学にいる間もワラワラと女の子たちが寄ってきて、龍一は大変だったようだ。

内田たちがメールで教えてくれたところによると、ツイッターなどにアップされた龍一の写真が「美形のハーフ剣士」ということであちこちに拡散しているらしい。

それに思ったとおり例のサイトも大盛り上がりで、ものすごい勢いでカウンターが回っているとのことだった。

おかげでその週は大変で、龍一は毎日憔悴《しょうすい》した様子で帰宅した。

そして剣道部における龍一の祝勝会は、陽が明るいうちに居酒屋で行われた。

五時前ならお得プランがあるうえ、大部屋も取りやすい。さらに今回は、龍一の祝勝会にケチをつけるわけにはいかないからと、店側にアルコール抜きの飲み放題を申し出て値引きをさせたらしい。

午後の講義のあと、時間どおりに勢揃いした部員たちは、部長の音頭でそれぞれ飲み物を入れたグラスを持つ。

「俺の一回戦突破、和田涼花《わだりょうか》ちゃんの八位入賞…そして何よりも、佐木龍一の優勝を祝して――乾杯」

「かんぱーい」

「乾杯っ」

部員たちは三人に向かってグラスを掲げ、口々に祝福の声をかけた。

「おめでとうございまーす、佐木先輩」

「部長、格好よかったっす」

「涼花ちゃん、すごかったよー」

「みんな、おめでとう～。俺も、次は絶対っ」

「俺だって、来年は全国大会に出てやる」

男子、女子ともに好成績を収め、部員たちの士気も高まっている。これをちゃんと持続できるか、練習に結びつけるかで成績も変わっていきそうだ。

玲史もマネージャーとして、大いに期待するところだった。

「それにしても佐木のこの一週間は大変そうだったな……」

「あー…大変でした。さすがに疲れましたよ」

何が大変って、女の子たちだ。大学に押しかけるだけならまだしも、マンションの周りもウロウロしてちょっとした騒ぎになってしまった。

どうやら龍一の実家のほうにも行ったようで、マスコミからの取材申し込みと合わせて、大変だと溜め息をつかれたのである。

ランニングに出れば歓声をあげられ、龍一はうんざりしていた。

見られることに慣れているはずの龍一でさえ、この一週間の騒ぎには精神的な疲労を感じている。

道場への行き帰りも跡をつけられ、何度も走って撒いたとのことだった。

帰宅すると気疲れでグッタリとして、「疲れた」を連発しながら玲史に抱きついてきた。

「そのうち飽きるだろうから、がんばれ。うちの大学にも取材申し込みが来てるってことだが、断ったんだろう？」

「ええ。絶対に受けないと言ってあります。これ以上面倒くさいことになるのはごめんなんで」

「取材なんて受けたら、火に油だもんな。特にテレビは影響が大きいし」

「おかげで俺、買い物に行くこともできないんですよ。早く沈静化してくれないと、ストレスで叫びだすかも」

「大変だなぁ。一度くらい女の子にキャーキャー言われてみたいが、それが日常になるのはなー。立ち読みまでチクられるとか勘弁……」

「シャンプーや洗剤の銘柄とかなー。特売でティッシュを買ったこととかを不特定多数に発信されるのはきつい……」

部員たちはもうみんな龍一のファンサイトの存在を知っているから、龍一に同情を寄せている。

モテてうらやましい気持ちとは別の部分で、どこにいても見られているという息苦しさはごめんというところだった。

「ティッシュといえば、特売品だったのを不憫《ふびん》に思ったのか、高級やわらかティッシュをプレゼントされそうになったな…いろいろな意味できつい……」

「き、気の毒に」

「サイトの管理人に、苦情を入れろよ。マンションがバレるとか、問題だろ」

「管理人はちゃんとまずい書き込みは削除してくれているんだが、追いつかないらしい。下手に掲示板をなくすと、地下に潜って野放し状態になる可能性があるとか……」

「ああ、裏サイトみたいな？　それはまずいな」

「捌《は》け口的な意味合いと、実在する裏サイトのチクリ場として存在してもらわないと。今は黙認だが、そのうち公認にするつもりだ。嫌だけど」

「本当ならなくしたいところだろうに、それもできないんだなぁ。不憫、不憫」

笑いながらの同情を寄せられて、龍一はムッツリと口をへの字にする。

「佐木のやつがそんな状態じゃ、野間も大変なんじゃないか？　女どもに苛められてないだろうな」

「大丈夫です。ボクは今までどおり過ごしているし、苛められてもいませんよ。例のサイトのおかげで、龍一さんの弟分として認められているらしくて、苛めたら龍一さんに嫌われるって思ってるみたいです」

「なるほど…やっぱり公認として存続してもらったほうがよさそうだな。しっかり使い道があるじゃないか」

「管理人が常識人っぽいから、そういう意味では安心してるんだよ。俺に対して下心があるんじゃないかと疑ったが、どうやら俺は宝塚の男役的な感じで好きらしい」

「なんだ、それ」

「どういう意味だ？」

男たちは首を傾げたが、女性部員たちには意味が分かったようである。キャッキャッとはしゃぎながら口々に言う。

「あー、それ分かるぅ。王子様の、究極バージョンよね」

「キラキラよ、キラキラ。真っ赤なバラの花束を持って、愛してるって言ってくれちゃうの」

「佐木先輩、その管理人さん、いいかもー。宝塚の男役っていうことは、見て、素敵って思って、妄想はするけど、現実の相手じゃないって分かってるっていうか…リアルであわよくばって思ってる子たちとは違いますよ」

「そうそう。彼氏がいながら、好きですって迫ってくる二股女とかね」

「男に買わせたブランドもののキーケースを、そのまま優勝おめでとうってプレゼントしようとする女とか」

「親のお金で興信所を使って、佐木くんの住所や電話番号をゲットする女とか。ドン引きだっつーの」

女の子たちの暴露話に、男たちはひーっと悲鳴を上げる。

「聞きたくなーい」

「知りたくない、女の裏側を言うなっ。恋愛できなくなったらどうしてくれる」

「大丈夫、大丈夫。そんな女ばっかりじゃないから。ただ、佐木くんの周りには、そういう女が集まりがちなんだよね。自分に自信があって、何をしても男は許してくれる…もしくは、いくらでも代わりの男がいるって思ってるタイプ」

「こう言ったらなんですけど、女の子に嫌われる女ばっかりですよねー。英米文学の莉里香《りりか》を振ってくれたときには、スカッとしました。私、あの子大嫌い」

「私もー。あの子、友達の彼氏に手を出そうとしたのよ。別に彼氏にしようとかじゃなくて、彼女のいる男を自分のほうに向かせるのが好きなだけなんだよね。いわゆる相談女ってやつ」

「サイテー。嫌な女ね」

「そういえば、去年のミスになった女も三股してて――……」

男の幻想を打ち砕く情報がどんどん出てきて、男たちは悲愴な顔をしながらも耳を押さえることができない。

何しろ彼女たちが話題に出すのは大学内でも可愛いと評判の子、目立つ子ばっかりなのだ。

ヒーだのギャーだの言う彼らを、龍一は焼き鳥を食べながら楽しそうに眺めている。

「祝勝会なのに、怖い女特集になってる……。龍一さんは楽しそうですね」

「剣道部の連中は、いつもどおりだなーと思って。ここ一週間、熱に浮かされたようなやつらに追いかけ回されてたから、こういううるささは歓迎だ。日常って素晴らしい」

ハーッと大きな溜め息を漏らしながら言う龍一に、玲史はクスクスと笑う。

「本当に大変でしたもんね。うちのマンション、セキュリティーがしっかりしててよかったです。でなきゃ、部屋にまで押しかけてますよ」

「だよなー。インターホンも切ったし、マンションにさえ辿りつければ静かなもんだ。実家にいたら、いろいろ大変だった……」

一人暮らしでセキュリティーが厳しいから雑音をシャットアウトできるが、家族の住む実家ではそうはいかない。

龍一が家を出ていることで、実家のほうもずいぶんと助かっていた。

「祖父に手を回してもらって、マスコミ関係を遠ざけてもらってるからな。そのうち静かになるはずだ。早く前の生活に戻りたい」

たくさんの女の子たちに付きまとわれる生活は、ハードなトレーニングより遥かに龍一を疲弊させている。だからこそ、剣道部の女の子たちの自分を見る目が変わらなかったのが余計に嬉しいらしい。

アルコールが入っているわけでもないのに楽しそうにギャーギャー言い合っている彼らを見る龍一の目は優しい。

思いがけず龍一の癒しとなった二時間だった。

★★★

玲史のスマホには、七生からもおめでとうメールが入ってきていた。

玲史が絵里のことを相談していたから、龍一の試合も気になっていたらしい。

絵里がもう姿を現さなくなったこと…それに何より龍一が優勝インタビューで恋人がいる発言をしたことが話したくて、七生と会う約束をする。

メールですませたくなかったのだ。

龍一と玲史の関係を知っているのは内田と丸川、それに七生と宗弘の四人だけだから、話せる相手は限られている。

その中でも、やはり同じように同性の恋人がいる七生は特別な存在だった。

練習を再開している龍一は週末も忙しくしているから、七生の都合がいいという土曜日に自宅にお邪魔することになった。

何しろ話の内容が内容なので、できれば聞かれる心配のない場所で話したい。

約束は、昼食後の午後一時。

玲史は午前中のうちに、女の子たちに聞いたお勧めのケーキ店で小さなホールケーキを買ってきていた。

昼食はパスタでいいかと早めの時間に準備を始めると、龍一からメールが入った。

今日の相手をしてくれる人が急遽都合が悪くなったとのことで、帰宅するとのことだ。

メールで何度かやり取りをして、今日はもう休みにするから、一緒に遊びに行こうと誘われる。

そういえば七生と会うと言っていなかったな…と思い出しながら、その旨をメールした。

結局、龍一も一緒でいいか七生に聞くことになり、無事にOKをもらったところで二人分の昼食作りに取りかかった。

いったん自分の部屋に戻ってシャワーを浴び、着替えてきた龍一と食べる。

七生と会えるだけでも嬉しいのに、龍一が一緒だから自然と顔がニコニコしてしまった。

住所は教えてもらったから、スマホを見ながら歩くことになる。

「ええっと…このあたりの道を入るんですけど……」

「位置的に見て、あそこだろ」

「高幡…高幡……あ、あった。ここだ。……大きい」

ガレージ付きの一軒家は、もともとが男の一人暮らし用とは思えないほど立派なものだった。

アシスタントたちを受け入れるための仕事部屋が必要にしても、ずいぶんと大きい。この辺りでこの敷地面積となるとかなりのもので、玲史は漫画家って稼げるんだなー…と感心してしまった。

インターホンを鳴らすと七生が出て、すぐに出迎えてくれる。

「いらっしゃーい。どうぞ、上がって」

「お邪魔します」

一階は仕事関連の部屋だけで、居住空間は二階だという。階段のところにはオシャレな柵があって、今は開け放しのようだがちゃんと鍵がかけられるようになっている。

「完全に分離してるんだね」

「ああ、柵のこと？　今のアシスタントさんたちは完全に信頼してるんだけど、すごく忙しいときや、アシスタントさんが病気になったときなんかは臨時の人が来るからね。念のため…っていう感じかな」

「ああ、臨時じゃどういう人か分からないもんね」

「そういうこと。オレは夜になったら上で寝ちゃうからさ。設置にちょっとお金がかかったみたいだけど、安心料みたいなもんなんだって」

「なるほど……」

七生の言い方で、七生ではなく宗弘が安心したかったのだと分かる。母子家庭で育ったという七生は、基本的に倹約家なのだ。

二階のリビングは大きな窓から太陽光が降り注ぎ、天井が高いせいかかなり開放的な雰囲気になっている。

ソファーには宗弘が座っていた。

「いらっしゃい」

「お邪魔します。これ、フルーツタルトです。女の子たちが教えてくれた店のなので、美味しいと思います」

「ありがとう、楽しみだな。コーヒーと紅茶、どっちがいい？」

「コーヒーをお願いします」

「俺も同じで」

ケーキの箱を受け取った宗弘は、七生と仲良くコーヒーを淹れ、タルトを用意する。

「うーん、美味しそう。でも、大きさが……玲史くん、このタルト、四分の一に切ったら食べきれる？」

「ボクはちょっと小さめでお願いします」

「だよねー。オレも四分の一は多いかも。宗弘さんたちのぶんを、大きくしよう……」

小さいのを買ってきたとはいえ、ホールだ。四分の一だと普通に店で売っているカットケーキよりは大きい。

七生はそれを四人の体格に合わせて切り分け、コーヒーと一緒に持ってきてくれた。

「綺麗だねー。いただきます」

「今、うちの大学の女の子たちの、一番のお勧めなんだって。いただきます」

さすがに美味しいとそれぞれ感想を言いながら、和やかな時間が過ぎる。

「ここのコーヒーも旨いですねー。ローストが浅めで、俺のブレンドとは全然違うけど」

「宗弘さんが、わりとあっさりめが好きなんで。好みを伝えてブレンドしてもらってるから、何が入っているのか知らないんですけどね」

「俺は聞いてみたなー。どんなのか、好奇心で。俺のはブラジルを基本に、三種類。そのときどきで豆の量を調節するとか」

「うーん…さすがプロ。高いだけあるなぁ」

スーパーで売っているレギュラーコーヒーの三倍以上の値段だ。比べてしまうと、購入するのを躊躇《ちゅうちょ》するような価格差である。

そこで宗弘が、ふと思い出したといった感じで龍一に言う。

「そういえば佐木くん、優勝したんだってね。おめでとう」

「ありがとうございます」

「キミのその見た目で剣道って…漫画になりそうだな。女の子受けは間違いなくいいだろうが、男受けはどうだろう…結構いけるか？　新キャラとしては他との差別化も図れるし、インパクトがあるよな……。その場合、年は？　日本育ちか、それとも……」

宗弘は途中から独り言になって、自分の思考の中に入り込んでしまっている。

「あー…こうなっちゃったら、放っておくしかないから。仕事、好きなんだよねー。使えそうなネタがあると、夢中になっちゃうんだ」

「そんなにも打ち込める仕事につけるって、幸せなことだな」

「ええ、本当に。漫画家なんて家に閉じこもりっきりで、ろくに外出もできないハードな仕事ですけど、大変なのも楽しそうですよ。みんな眠いとか死ぬとか言ってるけど、好きだから苦にならないっていう感じです」

「死ぬ？」

「最後のほうは、ろくに眠れないみたいで。原稿を渡したあとはいつも、死屍累々《ししるいるい》っていう感じなんですよ」

「大変なんだ……」

「オレには無理かな。そもそも一日のうちのほとんどを机に向かうっていうのが……。あの仕事、すごい向き不向きがある気がする」

「クリエイティブな仕事だからな。今だって、すごい集中力だ。俺たちの声、まったく聞こえないみたいだし」

「入り込んじゃうと、いつもこうなんですよ」

宗弘はテーブルの隅に置いてあったメモ用紙に、猛烈な勢いで何か書き込んでいる。どうやら思いついたことを片っ端からメモしているらしい。

「……龍一さんも、高岡さんとの決勝戦はこういう感じでした」

「え？　そうだったか？」

「はい。試合に集中して、周りを排除してるっていうか……。丸川や内田は、ボーッとしてるけど大丈夫かなんて言ってましたけど」

「あー…実は、あんまりよく覚えてないんだよな。神経が研ぎ澄まされているような、鈍くなっているような不思議な感覚で……。ただ、高岡さんの竹刀がどう繰り出されるのかはっきりと分かったな」

　龍一の言葉に、玲史は感心して言う。

「それで優勝かぁ…すごいですよね。宗弘さんが我に返ったらいろいろ聞いてくるでしょうから、答えてあげてください。近いうちにハーフのニューキャラが登場しそうだし」

「分かった。キミには、玲史がお世話になってるからな。相談相手になってくれたんだって？」

「そんな大げさなものじゃないですけど。話を聞いただけだから。玲史くん、解決したの？」

「うん。龍一さんが、優勝インタビューのとき、恋人がいるって言ってくれてね」

「あー、見た見た。ネットに流れてたよ。格好いいことするよねー。女の子の悲鳴がすごかったけど」

「うん、うん、そうなんだよ。あそこには絵里さんもいて、試合後に龍一さんがはっきり言ってくれたから、さすがに諦めてくれたみたい。大会のあとは一度も姿を見てないんだ」

「へー、よかったねー。相手にしてないって分かっていても、恋人にベタベタされるのって腹立つから。宗弘さんはいい男だし、お金も持ってるから、パーティーではわりと狙われるんだよ。玲史くんの気持ち、分かるよ」

「うん、ありがと。優勝した今は、ワラワラ女の子が寄ってきてるんだけど…絵里さんみたいな繋がりがある子たちじゃないから気楽かな。龍一さん、見事に視界に入れてないし」

その言葉に龍一もうんうんと頷く。

「あれはナスとカボチャだ。あいつらに応対する俺は、プログラミングされたロボットで、インプットされた動きをしてるだけだ」

「素晴らしい割り切りっぷり。その点、宗弘さんはなー。根が真面目で優しいから、ついつい対応しちゃうんだよね。もっとも、宗弘さんは女性に興味がないし、そもそも迫られてるって気がついてなかったりもするんだけどさ。Eカップのグラビアアイドルに、今度ご飯に連れていってくださいと言われて、時間がもったいないからって答えたんだよ。まぁ、そのときはオレがいかにも業界人っぽい男に話しかけられてたから、上の空だったみたいだけど」

「時間がもったいないって…きつい断り文句……」

「だよねー。しかもそのあと、絶句してる彼女を残してオレのところに来ちゃったし。怒る彼女を、うちのアシさんたちが宥めてくれたみたい」

「ボクも人のこと言えないけど…コミュニケーション能力に問題が……」

「漫画家とか、職人さん系の人には多いみたいだねー。宗弘さんは大学中退してデビューして、そのままどっぷり漫画家生活に入っちゃったから、社会人として対人スキルを磨く時間なんかなかったし。接触するのって、編集さんとアシさんだけだよ。学生から先生って呼ばれる職業に就いちゃったし」

「やっぱり、たくさんの人と話さなきゃダメだよね……。ボクも高校の三年間はほとんど家族としか話してないから、これからがんばらなきゃ」

宗弘のように特殊な仕事に就かない以上、最低限のコミュニケーション能力は必要だ。玲史の場合は途中のブランクがあるから、人より努力する必要がある。

だが覚悟を決めてそう言うと、隣の龍一が眉間に皺を寄せた。

「……それは、あまり嬉しくないな。いや、言っていることは理解できるが…別に今のままでも普通にコミュニケーション能力はあるわけだし、ことさらがんばる必要はないだろう」

コーヒーを飲んでいた七生が、その言葉にプッと噴き出す。

「嫉妬だ。嫉妬してる…そんなに男前なのに、意外と自信ないんだなぁ。玲史はどう見ても浮気性に見えないし、ドーンと構えていればいいのに」

「玲史の気持ちは疑っていないが、玲史に近づく連中は疑う。接触する人数が増えればそのぶん危険も増えるし、玲史はおかしなやつらに目をつけられやすいからな。それはキミも同じじゃないのか？」

「まぁ、そうですけど…オレの場合はわりと中身がきついから、言葉で撃退しちゃったり。防犯グッズも宗弘さんにいろいろ持たされてるしね。あ、玲史くんにもあげようか？　アメリカから取り寄せたっていう、すごいスタンガンとかあるよ」

「え、別にいらない……」

「いや、もらっておけ。絶対、あったほうがいい。そうだよな、確かに持っていたほうが安心だ。俺としたことが、思いつかなかった……」

「それじゃ、持ってくるね」

そう言って立ち上がった七生は、すぐに両手いっぱいにいろいろなものを抱えて戻ってきた。

「これがスタンガンと、唐辛子スプレー。扱いは簡単だけど、目に入るとちょっとヤバいよ。あと、こっちは警棒とメリケンサックでー……」

「あう……」

七生が楽しそうに説明する物騒な品々に、玲史は少しばかり怯《おび》えてしまう。隣で龍一が乗り気なのも困ってしまった。

「アメリカ製は威力がすごそうだな。日本だと非合法になるのもあるんじゃないか？」

「そういうのはさすがに買ってないみたいだから。日本製のほうが使いやすいかもしれないし、今度、その手の専門店に行ってみたらどうかな？」

「いいかもしれない。とっさのときに使えるものを、相談しながら選ぶのも楽しそうだ。だが、とりあえずこのスタンガンとスプレーはもらっていいか？」

「どうぞー。オレのは、出かけるとき用の鞄に入ってるから大丈夫です。これは予備だよ」

「ありがとう。……玲史、ちゃんと使い方、覚えろよ。いざというとき、これで身を守るんだ」

「ええー……」

「俺の安心のために頼む」

それを言われてしまうと弱い。

玲史はおっかなびっくりスタンガンに手を伸ばし、渋々ながら頷いた。

スイッチを押すと、バチバチと音を立てて火花が散り、電流が流れる。

「わっ、怖っ！」

「これを、相手に押しつけるんだよ。手でも足でもどこでもいいけど、心臓は人によってはヤバいかなー」

笑いながら「レイプ魔がどうなっても構わないけどねー」と言う七生が怖い。

けれど龍一もうんうんと頷いて、「身を守るほうが大事だから、遠慮せずに思いっきり押しつけろ」と言った。

この二人、危ない思考が似てる…と思いながら、玲史は引き攣《つ》った顔でコクコクと頷く。

そこでようやくメモから顔を上げた宗弘が、怖いほど真剣に龍一に言う。

「……佐木くん！　ちょっと聞きたいんだが‼」

「うわっ⁉　な、何をですか？」

「キミは、どこの国とのハーフなんだ？　生まれたのは日本？　外国？　剣道は何歳からやってる？　それから――……」

「ちょっ…ちょっと、落ち着いてくださいよ。ちゃんと答えますから、一つずつ、ゆっくりと……」

「ああ、すまない。つい、夢中になって。お父さんがアメリカ人で、お母さんが日本人なんだよね？　じゃあ、学校は？　アメリカンスクール？　それとも日本かな？」

「ええっとですね……」

宗弘の質問は次から次へと出てきて、龍一は一つずつ答えていく。

七生は肩を竦めて笑った。

「これは、長くなるよー、飲み物のお代わりを淹れるね。何がいいかなぁ。玲史くん、何を飲みたい？」

「ええっと、じゃあ、紅茶、いいかな？　口の中をスッキリさせたい気持ち」

「OK。ちょっと待ってて」

七生はキッチンでお湯を沸かしながら言う。

「そういえばあのコーヒー店のケーキ、奥さんの都合のいい日なら、テイクアウト用のオーダーを受け付けてくれるって」

「えっ、本当に⁉」

「うん。値段はお店のケーキのホール分の料金で、味についても注文を聞くってよ。オレ、レアチーズのチーズをこってり、甘さ控えめでワインにも合うの…って注文しちゃった。宗弘さんのお酒のお摘まみにできるかと思って」

店で食べるしかないと思っていたケーキが、しかも自分の好みに発注をかけられるとあって、玲史は思わず興奮してしまう。

「うわー、すごい。それ、嬉しいかも。ボクも今度、お願いしてみよう」

「奥さんの負担を増やしたくないから、あんまり人に言わないでくれってさ。玲史くんはお得意様だから、ぜひどうぞ…って言ってたよ」

「嬉しい～」

まるで取り調べのような宗弘と龍一の横で、玲史と七生はキャッキャッとどんなケーキがいいか話し合う。

なんとものどかで平和な午後のひとときだった。

あとがき

こんにちは～。このたびは、「お隣さんは溺愛王子様《プリンス》」をお手に取ってくださいまして、どうもありがとうございます。

この本は、「お隣さんは過保護な王子様《プリンス》」の続編になっております。恋人同士になり、ラブラブな二人ですよ。タイトルも、過保護から溺愛にバージョンアップ（笑）それに、「愛しの従兄弟は漫画家様」の宗弘と七生もちょこちょこっと出てきます。こういうコラボって楽しいし、七生、すごく書きやすいので好きだ～。

明神翼さん、いつも素敵なイラストをありがとうございます。そして、またもや原稿が遅くてすみません。

表紙のラフを二案いただきまして、うあー…という感じ。どっちもいい❤ 私にはとても選べませんよ。どっちもすごい素敵なんですもの～。ホント、贅沢な悩みだなぁ。

A案はラブラブで龍一が玲史を守ってくれる感じ、B案は龍一が剣道着…格好いい～。あんなに激しく動くのに袴は大変だろうな～と思うのですが、フェンシングみたいに体にピッタリなのも精神的にきついだろうな…と思ったり。自分がやるなら袴を穿いてみたい…剣道着は見ていて格好いいですから。今回は剣道のシーンがガッツリあるから、きっと龍一の剣道着姿を

見られると期待大です。楽しみに待ってます♪

ファミレスやカフェで仕事をすることが多いです。自分の家じゃ気が散ってあまり進まないし、お店ならいられる時間も限られているから集中できるみたいで。申し訳ないから、迷惑にならないようランチタイムや夕食時の混む時間帯を外して行っています。

氷を入れてアイスコーヒーを作り、暖かい飲み物のほうが嬉しいんだけど、アイスコーヒーのほうが好き…なんでだろうと考えて、氷で薄まるからだと気がつきました。そうか…私、カフェやファミレスのコーヒーは濃いと思ってたのか……。今はコーヒーにお湯を足して、美味しく飲んでいます。これ、カフェじゃできないな～。

近場旅でちょいちょい横浜の中華街と伊豆に行っています。もちろん、パソコンを持って。中華街は全国チェーンのビジネスホテルのカードを作っているから割り引きがあり、ポイントも貯まって使い勝手がいい。

しかし最近、値上がり&予約が取れません……。どうやら外国人観光客の増加が原因のようです。外貨を落としてくれてありがたいし、日本を好きになってくれるといいな～とは思うけど、ホテルが埋まるのは困る～。伊豆のほうはホテルじゃなく旅館に泊まるからさすがに取れないということはありませんが、オリンピックが近づいてくるとどうなることやら。国内旅行が気軽にできなくなるのは切ないものがあります。何しろ、花粉症の時期は、パソコンを持って花粉のない地方に避難したい…と思い始めているところなので。一番ひどいと思われる頃に、一週間くらい避難できたら幸せだろうな〜と思って。総理大臣？　農林水産省？　誰でもいいから、杉の木をなんとかしてほしいものです。

気晴らしにちょこちょこ近場旅を楽しみつつ、がんばりたいと思いますので、またよろしくお願いします。

若月京子

♥佐木・ラルフ・龍一 ファンサイト 秘蔵隠し撮り写真♥

今回もとても楽しかったですー!
どうもありがとうございました――✿

みなうじんつばさ

初出一覧

お隣さんは溺愛王子様…………………………… 書き下ろし
あとがき……………………………………………… 書き下ろし

ダリア文庫をお買い上げいただきましてありがとうございます。
この本を読んでのご意見・ご感想・ファンレターをお待ちしております。

〒173-8561　東京都板橋区弥生町78-3
(株)フロンティアワークス　ダリア編集部
感想係、または「若月京子先生」「明神 翼先生」係

お隣さんは溺愛王子様《プリンス》

2016年5月20日　第一刷発行

著　者
若月京子

発行者
及川 武
発行所
株式会社フロンティアワークス
〒173-8561　東京都板橋区弥生町78-3
営業　TEL 03-3972-0346
編集　TEL 03-3972-1445
http://www.fwinc.jp/daria/
印刷所
中央精版印刷株式会社